JN248248

マーガレット
解雇された写本係は、記憶したスクロールで魔術師を凌駕する 2
~ユニークスキル〈セーブアンドロード〉~
嵐山紙切
Arashiyama Shisetsu

レンドール
ロッド
ドロシー
スティーヴン
リンダ

アンジェラ
謎の男
デイジー
オリビア
登場人物紹介
Characters

壁ばかり続いていた景色が一瞬で変わり、
柵の向こうには信じられない光景が
広がっていた。
「ここがアンヌヴンです。
地下なのに大きな街ですよね」

CONTENTS

一章　暗号と盗難

「おい、それ俺のだぞ!!」

「ああ！　服がなくなってる!!」

ギルド内は大騒ぎになっている。いがみ合い、言い争う人々もいる。

声を上げているのは冒険者だけではない。商人やギルド職員なども慌てた様子だ。狼狽《ろうばい》は徐々に広まって、今ではギルドのほとんどの人が頭を抱えている。

「これは、…………僕のせいだ」

僕は、ああと声を漏らした。


事の発端は僕がスクロールを準備しようと言ったことだった。

エヴァによるソムニウム襲撃並びに〈魔術王の右腕〉復活を防いだ僕たちは穏やかな日常を過ごしていた。ティンバーグから奪われた〈魔術王の体の一部〉が気にかかっていたが、その行方はわからず、僕たちにできることといえば、急な襲撃に備えるというただ一点のみだった。

「高価なスクロールを大量に常備しておきましょう」僕はギルドマスター、ラルフにそう進言した。

「そうしたいのはやまやまだが、ギルドの資金が……。それに普通のスクロール係には書けないものもあるだろう？　《マジックボックス》なんかはかなり魔法を理解していないと書けないと聞いたぞ？」彼は腕を組んでそう言った。

「僕が書きますよ。賃金はいりません。街のためですし。やらせてください」

僕の言葉にラルフは驚いたが、その後、小さくうなずいた。

「わかった。助かるよ」彼は微笑《ほほえ》んで僕の肩を叩《たた》いた。「頼りにしているよ、スティーヴン」

僕は微笑み返してうなずいた。

僕はラルフと話をして、具体的にどのスクロールをどれだけ作成するかを決めた。《テレポート》や《マジックボックス》が最優先だった。エヴァが成長させたダンジョン群を効率よく攻略するために必要だったからだ。魔法壁や《ファイアストーム》は少しずつ作成していくことにした。

最優先にしたスクロールはクエストを受けた冒険者たちに無料で配り、積極的に使用するように呼び掛けた。商人や領主などには安価で売った。転売しようとするものは厳しく罰した。


僕はダンジョンにいる。スクロールを作り、マップを作り、さらにマップの更新をする。慌ただしい日々を過ごしている。

いまだ踏破されていないこの場所は、エヴァによるあの事件の傷跡だ。《時間促進》魔法によって急速に成長したダンジョン群は深く、危険で、Bランク以上の冒険者でなければ進めない。街に冒険者は増えたが、ダンジョン攻略は難航し、遅れていた。

僕とリンダたちパーティ、そしてマーガレットは、すでにダンジョンの七階層まで下りてきていた。新しい場所にはもちろん、位置番号の札はない。僕は分かれ道に出会うたびにマジックボックスから札を取り出して壁に打ち付けた。これもまた、作業を遅らせる一つの要因になっていた。

ダンジョンの中に、僕が鳴らすハンマーの音が響く。

と、テリーが耳を動かし、合図した。

「来るぞ」ヒューの言葉に、僕たちは身構える。

壁に埋まっている蛍光石が、魔物の姿を照らす。鱗《うろこ》に覆われたトカゲのような三体の魔物は、その巨体にもかかわらず、俊敏。シュルシュルと壁を這《は》って、こちらに近付いてくる。

僕は、リンダたちに先んじて、スクロールを『空間転写』し、魔法壁を張る。トカゲたちは、それを察知したのか、一瞬動きを止める。トカゲの一体が、長い舌をゆっくりと伸ばして、魔法壁に触れた。舌はかすかに跳ね返されるにとどまる。トカゲたちはそれを知ると、じりじりと後ずさりした。

「賢い」僕はつぶやく。

物理反射の魔法壁だ。敵が強くぶつからない限り、ダメージは期待できない。

トカゲは僕たちを睨《にら》んでいる。

「スティーヴン、このままじゃ埒《らち》が明かないにゃ」

「……わかりました。魔法壁を解きます」

壁が消えたとわかるや、トカゲ三体は猛進を始めた。

リンダが続けざまに矢を射る。僕はその矢に魔法をかける。リンダの狙った軌道から矢がぶれないように、矢に追随するように、魔法が発動する。螺旋状の氷が、矢のしっぽみたいに見える。

トカゲは矢に気づくと途端に進む方向を変える。が、賢いがゆえに、よける動きは最小限だ。

それが仇《あだ》になる。

矢はトカゲの近く、壁と天井の境界あたりに突き刺さった。追随する魔法が遅れて到着する。

凍る。

まるで水面に石を投げたときのように、矢の突き刺さった場所から円形に、氷の波が押し寄せる。

最小限の動きでよけたトカゲは、慌てふためくが、逃げ切れるはずもない。

しっぽが凍るや、すぐに切り離した。そこはトカゲ、逃げるのに必死だ。だが足りない。

一瞬で氷は後ろ足まで到達する。トカゲの動きが鈍くなる。

追い打ちをかけるように、魔法は、トカゲの体を覆いつくした。

僕たちのところまで冷たい風が流れてくる。

他二体のトカゲはその様子をわき目で見つつ、氷から逃げるようにして、前進を続けている。

リンダは残りのトカゲにも矢を放つ。すでに近接戦闘の距離だ。魔法を使うとヒューたちを巻き込む。リンダの矢はトカゲの進行を少しだけ遅らせる。

僕は後方に少し下がり、リンダの隣につく。

「マーガレット、あとは頼むにゃ」弓を下げてリンダは言った。マーガレットは黙っている。リンダが眉間にしわを寄せる。僕はマーガレットの方を見た。彼女はどこかぼうっとしている。顔を下に向けて、考え込んでいるようにも見える。

「………マーガレット!!」リンダが叫ぶと、マーガレットははっとして顔を上げ、きょろきょろとあたりを見回す。彼女の視線が魔物の姿をとらえる。

マーガレットは剣を構え、飛びあがると壁を蹴って、トカゲに接近する。

一体目、体を斜めに斬り裂く。

その隙に、二体目がヒューを襲う。ヒューは大きな盾でトカゲの突撃に耐える。取り戻した右腕はすでに実戦に耐えうる力を備えたようだった。マリオンとテリーがトカゲに攻撃するが、鱗は鎧《よろい》のように堅く、はじかれる。

トカゲは一度距離をとる。

その隙を見逃さない。

マーガレットがトカゲの後方から距離を詰め、一太刀、真っ二つに斬り裂く。

彼女は剣を振って、トカゲの体液を地面にとばした。

「すまない。考え事をしていた」マーガレットは剣を鞘《さや》に戻しながら僕たちの方へと戻ってきた。

リンダが呆《あき》れたようにマーガレットを見ている。

「頼むにゃ、マーガレット」

マーガレットは頭をぶんぶんと振って、伸びをすると、

「もう大丈夫だ。先に進もう」そう言って、心なしかいつもより大きく手を振り、足を上げて、歩き始めた。僕はリンダと顔を見合わせた。

「どう思うにゃ、スティーヴン」

「いえ、まあ、ちょっと変と言えば変ですけど、いつも通りと言えばまあそうなのかなと」

リンダはしばらく僕を見て、それから、小さくうなずいた。

「そうかもにゃ。……ときどき、マーガレットが考えてることがわからないときがあるにゃ」リンダはそう言って耳を掻《か》いた。と、彼女は思い出したように耳をぴんと立てた。

「ああ、それで思い出したにゃ。どうして今日はついてきたのにゃ、スティーヴン」

「え？」ダンジョンの記録を再開しようとしていた僕はその質問に少し考え込んだ。「いえ、なるべく早くマップを作った方がいいと思ったからですよ」

リンダは少し唸《うな》ってから言った。

「それはわかるけどにゃ、もう少し冒険者が探索した後でもいいんじゃないかにゃ。新しい道を切り開くのはマップ係の仕事じゃなくて、『冒険者』の仕事にゃ。わざわざスティーヴンが危険を冒す必要はないにゃ。それにスクロールをたくさん作るのに忙しいんじゃないのかにゃ？」

確かにその通りだった。僕がダンジョンに一緒についてくる必要はなかった。実を言えば、今回の調査だって、僕はグレッグに半ば無理を言う形で参加していた。

ラルフにはスクロールの追加を提案して、グレッグにはマップの更新を提案している。まるで自分でどんどん仕事を増やしているようだった。

どうして？

それは僕にもわからなかった。ただ、今はとにかく仕事をしていたかった。

僕は苦笑いをしてリンダに答えた。

「本当にただ、早く作った方が、他の冒険者たちのためにもなると考えているからですよ」

リンダは納得しきれていない様子だったが、「そうかにゃ」と言って、頬《ほお》を掻いた。

そのときだった。

「＃＃＃＃＃＃＃＃＃」テリーが慌てた様子で何か騒いでいる。彼は《マジックボックス》を開いて、中身を確認しているようだった。倒したトカゲを回収していたのだろう。素材の回収はテリーの仕事だった。

「魔石が増えてるのかにゃ？」リンダがテリーに尋ねると、テリーはうなずいて何か言った。

「《マジックボックス》に入れておいた魔石が倍以上になってるにゃ？　それに知らないものも入ってるのかにゃ？」

テリーはまたうなずいた。

「テリーが間違えて入れたものじゃないのか？」ヒューが盾を背に担ぎなおして言った。

テリーは反論して、あるものを取り出した。それは派手なドレスだった。

「ドレスなんか持ってないって言ってるにゃ」

僕たちは首を傾《かし》げた。


ダンジョンを出た僕たちは《テレポート》を使って街へと戻った。テリーはドレスを持ったままだった。

「それどうするつもりにゃ、テリー」リンダが目を細めて尋ねた。テリーが答えると彼女はさらに目を細めた。

「売るのはだめにゃ。持ち主に返すにゃ」

「そうは言っても持ち主がわからないからな」ヒューが言った。

ドレスは派手ではあるが高価に見えた。テリーが売りたがるのも無理はない。

ギルドに着くと、何人かの騎士がいて冒険者たちがざわついている。よく見ると受付近くに珍しくエレノアがいて、ラルフと話をしていた。

「なんでしょう？」

僕たちが近付くと、ラルフが気づいてこっちにこいと手招いた。僕はリンダと目を合わせた。

「わからないにゃ」

エレノアに近付くと彼女は頭を下げて言った。

「お久しぶりです、みなさん。今日はお話があって……」

エレノアはそこまで言って、固まった。彼女の視線はテリーに向けられていた。厳密にはテリーの持つドレスに。

「どうかしたのかにゃ？」リンダが尋ねるとエレノアは言った。

「私のドレス……？　もしかして、それ、《マジックボックス》から出したのでは？」

エレノアの言葉に僕たちはうなずいた。

「そうですけど、どうしてわかったんですか？」僕が言うと、彼女は騎士の一人からあるものを受け取った。それは箱で、いくつかのスイッチがついていた。

それを見た途端、テリーが騒ぎ出した。

「＃＃＃＃＃＃＃＃＃＃＃＃＃！」

「それは俺のだって言ってるにゃ」リンダが通訳すると、エレノアは小さくうなずいた。

「そうだろうと思って、今日ここに来たのです。お話はこれです。領主の城にある重要なものを収納するため、ギルドからいくつか《マジックボックス》のスクロールを融通していただきましたが、開いたときにはすでにいくつかものが入っていたのです。不審に思った騎士の一人が私たちに報告にきました。彼の予想はこうです。《マジックボックス》の中身が混ざってしまっているのではないか、と」

テリーは確かに言っていた。知らないものが入っている。魔石が倍以上に増えている。

エレノアは続けた。

「もしかしたらと思い、私のドレスの中で一番派手で目立つものを入れておきました。誰が私たちと同じ《マジックボックス》を開いているのか探し出すために」

彼女は少し微笑んでテリーを見た。

「といっても、特別に改造された用途不明の装置が入っていた時点でかなり候補は絞られていたのですが。……原因について何か心当たりはありませんか？」

エレノアは僕に言った。おそらく僕が一番《マジックボックス》を使い慣れているからだろう。

僕は原因について気づいていた。それは僕がかつて同じことをして『グーニー』のギルドマスターからいろいろと頂戴した過去があったからだった。

……決して窃盗ではない。受け取っていない分の賃金を回収しただけだ。

《マジックボックス》は発動の際に「activate」以外に暗号を必要とする。暗号——つまりパスワードがなければ全員の《マジックボックス》が一つになってしまい、入れたものが混ざってしまうためだ。パスワードごとに別々の収納スペースが割り当てられ、パスワードを知っているものしか開けることができない。

逆に言えば、パスワードを知っていれば誰でも開くことができるわけである。

僕はエレノアにそう説明した。

「そうだったのですね……」エレノアは思案顔をしてそれから言った。「つまり、私はテリーさんのパスワードを使って《マジックボックス》を開いてしまったということでしょうか？」

「おそらくそうだと思います」僕は言った。

「＃＃＃＃＃＃」テリーが何か言っている。

「なんで俺のパスワード知ってるんだって言ってるにゃ」

僕はエレノアに尋ねた。

「失礼ですけど、《マジックボックス》のパスワード、何にしていますか？」

「え？」エレノアは言いよどんだ。おそらく「常識」として、パスワードを人に言ってはいけないと知っているからだろう。彼女はテリーを見て、すでにその「常識」が破綻していると知ると口を開いた。

「somnium」

エレノアがそう言った瞬間、僕たちの周りで聞き耳を立てていた人たちが動揺した。

「え!?　私もそのパスワード使っています！」

「私も……」

ざわざわとその波が広がっていく。「somnium」以外にもギルドの名前やら地名やら、行きつけの店の名前やらが飛び交っている。おそらく、違うパスワードでも同じように《マジックボックス》の中身が混ざってしまった人たちがいるのだろう。

《マジックボックス》のスクロールを発動させ、中身を確認する人たちが増えていく。

「おい、それ俺のだぞ!!」

「ああ! 服がなくなってる!!」

ギルド内は大騒ぎになっている。いがみ合い、言い争う人々もいる。

声を上げているのは冒険者だけではない。商人やギルド職員なども慌てた様子だ。狼狽は徐々に広まって、今ではギルドのほとんどの人が頭を抱えている。

「これは、………僕のせいだ」

僕は、ああと声を漏らした。

もともと、《マジックボックス》は高価で使用者が少なく、使用するのはSランク冒険者などに限られていた。それはつまりパスワードが重なる可能性が少ないことを意味していた。

今回、僕はラルフに《マジックボックス》のスクロールを大量に用意することを提案した。しかもスクロールは冒険者たちに無料で配り、商人や領主などには安価で売った。

結果、《マジックボックス》の使用者が増大した。しかも「ソムニウム」という小さな地域でのことだ。パスワードに使われる「言葉」は限られた。

一度パスワードを忘れたら二度と開くことができない、という事実があるため、人々は忘れにくい言葉を使った。それに識字率の低さが拍車をかけた。

そうして、ほとんどの人が地名や名前（地方なので同じ苗字《みょうじ》の人が多い）を利用し、《マジックボックス》の中身はこんがらがってしまったのだった。

「ええと、次、これは誰のものですか」

翌日から僕は《マジックボックス》の整理を任された。混ざってしまった荷物を整理して、持ち主に返す仕事だ。「somnium」のパスワードは使っている人が多く、仕分けが難航した。

《マジックボックス》のスクロールを使用する際の注意書きがギルドに貼り出されることになった。

一つ、パスワードには必ず自分の名前を入れること。

一つ、地名は使用しないこと。

一つ、使ったパスワードはギルドに申請すること。パスワードを忘れた場合はギルドに申し出ること。

「まさかこんなことでトラブルになるとは思いもしなかった」ラルフが仕分けをする僕の近くでそう言った。「便利なのはいいが便利すぎるのも考えものだな」

「すみません、僕のせいです」

ラルフは首を横に振った。

「いや、そうじゃないさ。使い方を周知しなかった我々ギルドに責任がある。今回のは、言ってみれば、何も知らない子どもに刃物を渡したようなものだからな」

彼は「頼んだ」と僕に言い、その場を立ち去った。

これは余談だが、パスワードに使われた言葉で多かったものの中に「margaret」があって、さすがSランク冒険者は尊敬されるのだなと感心した。


場所は変わって、王都。国の中心地にして巨大な街。活発に人々が行きかい、商売、学問、産業、どれをとっても最先端のこの街には薄暗い地区がある。

多くの人間はその場所がただのスラム街としか知らない。スラムを抜けて、いくつかある扉から地下に下りると、そこには別世界が広がっている。それは一つの街。アンヌヴンと呼ばれるその場所は高い天井が鉄筋で補強されていて、疑似的な太陽がいつも輝いている。表世界と同じように店が並んで、道を作っている。魔石で動く機械、オートマタ、怪しい液体などなど市場で流通できない盗品やら、危険なものがゴロゴロ売られている。

通りの一つ。何やらカラフルな色遣いの蛍光石に、ピカピカと飾られた店がある。

『トッド・リックマンの盗品店』

『迷惑かけるのはお互い様』

『文字通り『掘り出し物』販売』

看板にはそう書かれている。店番をしているのは中年のヤギの獣人——トッド・リックマンで、最近背中の茶色い毛の中に白髪が混じりはじめたのを気にしている。彼は椅子に深く腰掛けて、キセルをふかしている。ときおり通りかかる客を睨みつけては、鼻にしわを寄せている。何か理由があるわけではない。癖である。

店の奥ではつばの広いとんがり帽子をかぶった背の低いハーフエルフが、機械を使って何か作業をしている。彼女の服装のままソムニウムに来れば間違いなく目をひく。腹部の布が薄く透けていて、肩は丸出しになっている。人が集まり、様々な種族が入り乱れる王都だからこそできる格好だ。

彼女の名前はオリビア。スキルは〈魔術論理可視化〉。

スクロールを見るだけで論理が破綻しているかどうかを見つけられる。要するに、そのスクロールが使用できるかどうか見るだけでわかる。彼女の学生時代にはただそれだけのスキルだとまわりから思われていた。

成績も悪かった当時は同級生にいじめられ、悔しい思いをした。

あるとき、彼女は、《マジックボックス》のスクロールを目にした。それは全くの偶然だった。《マジックボックス》は高価なスクロールではあるが、上級の冒険者には人気があるものだった。売りに出されているときは一部が空欄になっていて、そこに独自のパスワードを書き込んでから発動する決まりになっていた。そうしなければ、ソムニウムの事件のように皆が同じ《マジックボックス》を使うことになり、荷物が混同する危険性があるためだった。

オリビアは学校の帰り道、冒険者ギルドに寄った。小銭を稼ぐために自分で作ったポーションを売ったり、スクロールを売ったりしていたのだ。ギルドでSランクと見られる男が《マジックボックス》のスクロールを開いた。オリビアには何が書かれているのかはっきり見えた。そこにはまだパスワードが書かれていなかった。

オリビアのスキルが発動して、そのスクロールの論理構造が見えた。論理回路の最後には「ゼロ」と書かれていた。オリビアはそのときあまりそれを気にしていなかった。発動できるスクロールは論理回路の最後に「ゼロ」が表示される。できないスクロールは「-1」。要するにその《マジックボックス》のスクロールは発動できる。ただそれだけのことだ。

Sランク冒険者はパスワードがないことに気づいて、オリビアの隣に来て受付から羽根ペンを借り、パスワードを書き込んだ。オリビアにはパスワードが見えてしまった。

オリビアはここである発見をしてしまう。彼女の目は釘付《くぎづ》けになった。

スクロールにパスワードが書き込まれた瞬間、論理構造が変化して、回路の最後の数字が切り替わったのだ。それは今まで見たことのない数値だった。

――これは……もしかして……。

Sランク冒険者がオリビアを見た。オリビアの目はいまだスクロールに釘付けになっていた。

「おっと、見られちまったな。パスワード変えないと」

冒険者の男は苦笑して、そう言った。

オリビアは気づいた。気づいてしまった。

――私はパスワードを解読できるかもしれない。

オリビアはすぐさま家に帰ると勉強を始めた。《マジックボックス》のスクロールを買う金はない。自分で書くしかなかった。彼女は学び、ついにスクロールが書けるようになった。

オリビアは羊皮紙より安いパピルスにいくつもパスワードを書き込み、小さく切ると、一つずつ、

《マジックボックス》のスクロールに貼り付けてはスキルを発動した。

はじめはうまくいかなかった。どれを試しても「ゼロ」が表示されるだけだった。「ゼロ」が表示されるパスワードで《マジックボックス》を開いても、中には何も入っていない。

街の名前、川の名前、人の名前を試していった。

魔法学校の教師の名前を書いてスクロールに貼り付けたとき、回路の最後の文字が変わった。「ゼロ」でも「-1」でもない数値。

オリビアの心臓が強く跳ねた。

「ア……アクティベイト」

彼女はスクロールを発動した。

《マジックボックス》には、高価なスクロールがいくつも入っていた……。


オリビアは機械を操作している。ボタンを押すと打ち込んだ文字が壁に投影される仕組み。壁には大きな《マジックボックス》のスクロールが貼り付けられており、パスワードを書く場所に文字が映し出されている。オリビアは文字が更新されるたびにスキルを発動して、その回路の最後が「ゼロ」かどうかを見ている。

彼女の仕事は、いわば、窃盗である。

パスワードをランダムな単語で検証し、見つけたら、中身をくすねる。

くすねた商品は店で売る。

『文字通り《掘り出し物》販売』

《マジックボックス》のパスワードを忘れてしまった人や、パスワードを誰にも話さず死んでしまった人は多くいる。そういった人の荷物は、《マジックボックス》の中で永遠に眠り続けることになる。

それはいわば埋蔵品。オリビアはそれを掘り起こしているにすぎない。ときどき生きている人の《マジックボックス》を開いてしまうこともあるが、それはご愛敬《あいきょう》。

『迷惑かけるのはお互い様』

「発見」オリビアはパスワードを書きとめる。今日見つけたのは五つ。まあ悪くない。

彼女は机に移動すると、『転写』スキルを使ってスクロールを書いた。《マジックボックス》を『転写』できる人間は王都でもそうはいない。彼女はスクロールを冒険者ギルドに卸す傍《かたわ》ら、こうやって博打《ばくち》的な仕事をしていた。

スクロールを書き上げるとオリビアはパスワードを書き込んでいく。

「なんだ、しょぼいなあ」

数枚の金貨、肉、美術品、服などなど、一般人からすれば高価なものだが、オリビアにとってそれはよく見るものだ。ありふれている。

四つ目のパスワードまでは、そんないつもの商品が出てきただけだった。

五つ目。

「ouroboros」オリビアは文字を書き込む。

「activate」

彼女は《マジックボックス》からものを取り出す。

コップ、よくわからない棒、普通の剣、金貨が何枚か、それに大きなリボン（∞のかたちに見える）。そして……、

「なんだこれ」

オリビアが最後に取り出したのは真っ黒な鎧のようなものだった。人の左脚の形をしていた。膝まですっぽり収まりそうな形をしている。仄《ほの》かに光っている。いくつか傷が入っていた。

鎧だとすれば、左脚だけでは価値がない。売れはしないだろう。ただ素材はよさそうだった。オリビアは自分の《マジックボックス》にそれをしまった。店で売れないもので、気に入ったものがあれば自分のものにしていい決まりになっていた。

その左脚の鎧が、魔術師たちがティンバーグから奪い去った〈魔術王の左脚〉だと、オリビアは知らない。

二章　それぞれと発端

「……スティーヴン。スティーヴン！」

はっとして顔をあげる。上司のグレッグがそばに立っていた。彼は髭《ひげ》を触り、ため息をつく。

「今日はもう終わりだ」

「あ……ああ、そうですか。すみません、気づかなくて」

時計を見るとすでに二十二時を回っていた。スクロール係は皆すでに帰宅したようだった。彼らは僕が《マジックボックス》などのスクロールやマップを生産する横で、普段通り、他の種類のスクロールを生産していた。

僕は強く目をつぶった。かなり疲れている。

作成したマップをまとめた。すでにインクは乾いていた。マップを片付けているとグレッグは言った。

「スティーヴン、君は働きすぎだ。最近特にひどくなっている」

「そうですか？　ああ、いえ、そうかもしれませんね」僕はマップをしまうと自分の肩をもんだ。

筋肉が張って硬くなっている。

「金が足りないのか？」

僕は苦笑いをして首を振った。

「いえ、そういうわけでは……」

「じゃあ何か悩みでも？」グレッグは近くの椅子を持ってきて隣に座った。僕は押し黙った。話して何か解決するとは思えなかった。これは僕の問題で、どうすることもできないものだからだ。

時計の針が動く。

グレッグは椅子の背もたれに体を預けて、手のひらを伸ばし指の関節を鳴らした。

「無理に話してくれなくてもいい。ただ、悩みがあるならいつでも聞こう。それはおそらくギルドマスターも、リンダもそうだ。君の周りの人間は誰もが君の悩みを聞いてくれる」

「ありがとうございます」僕は微笑《ほほえ》んで言った。グレッグはため息をついた。

「私は君が倒れてしまうのではないかと心配だよ」彼はそう言うと立ち上がり、蛍光石のランプを持ち上げた。「鍵を締めよう。忘れ物はないかな？」

「はい」僕はグレッグについていき、写本係の部屋を出た。

ギルドを出た僕は教会の前にやってきた。屋根裏部屋の窓から明かりが漏れている。どうやらドロシーはまだ起きているようだった。

一度火事で焼失し、再建された教会は、昼間は街の人が出入りして会話をしたり休んだりする憩いの場として使われていた。ドロシー以外のシスターも二人増えて、ドロシーの仕事は楽になったように思えた。以前と全く違うその様子に僕は安心していた。

ドロシーが窓から顔を出して僕を見つけた。屋根裏部屋から明かりが消えて、コトコトと歩く音がして、鍵が開き、教会のドアが開いた。

「遅かったわね」ドロシーはランプを揺らして言った。

「別に降りてこなくてもよかったのに」

「だって毎日来るじゃない？　それにあなた、仕事ばっかりでこの時間くらいしか話せないし」

ドロシーは半ば呆《あき》れ気味《ぎみ》にそう言った。僕は苦笑してうなずいた。

「まあ、そうだね」

「入って。何も食べてないんでしょ？　子どもたちの残りでよければ出してあげる」

「ありがとう」僕は言って、教会に入った。

「待ってて、すぐに用意するから」ドロシーの言葉にうなずいて、僕はテーブルについたが、しばらくして強い睡魔が襲ってきた。

少しだけ眠ろう。

僕はテーブルに突っ伏して目を閉じた。

肩を叩《たた》かれて目を覚ます。ドロシーが食事の準備をしてくれたようだった。おいしそうな匂いがする。僕が目をこすっていると彼女は僕の隣に座った。

「ああ、眠ってた。ありがとう」

ドロシーがため息をついて僕の手をとった。

「なんだかやつれたように見えるわ。前よりも、腕とか首とかが細くなったように見える」

「そうかな」

僕は自分の腕を見た。自分の体の変化なんてわからない。もともと細い体だし。

「変わらないんじゃない？」僕が言うとドロシーは首を横に振った。

「あなたは無理をしてる。それがはっきりわかる。どうしてそこまで無理をするのか私にはわからないけど、でも、心配なの」そこでドロシーは口を閉じて、それから小さく息を吐いて続けた。

「無理しないで。あなたがいればそれでいいのよ」

ドロシーは僕の手を強く握り、じっと目を見つめた。

「ありがとう。大丈夫だよ」

僕は言ったが、ドロシーは納得していないように一瞬目を閉じて、僕の手を離した。


食事を終えて、僕は教会を出る。

街を歩く。宿に向かって、足が僕を運んでくれる。疲れているからか、足の動きは僕の意思とは関係ないように思える。地面を離れた足は何かに引っ張られるように前に進み、僕を動かす。そうなる運命であるかのように。


最近、僕はあの日のことを思い出す。

エヴァによってソムニウムの街は破壊され、リンダが死んだ。街は荒れ果てて瓦礫《がれき》の山になってしまった。

あの日のことを思い出す。

ドロシーの泣き声が聞こえる。心に幾本ものツタが這《は》って、じわじわと締め付けられるようなそんな苦しさがずっとある。

僕はこの街を救った。けれどそれは一時的なものに過ぎないのではないかという気がする。現に〈魔術王の右腕〉はこの街に埋まっている。他の魔術師が何か封印を解く方法を見つけてまたやってくるのではないか。また、街が危険にさらされるのではないか。

僕はそれが怖くて仕方なかった。

だからといって何ができるわけでもない。いくらスクロールを準備したって足りないだろう。一つ言えることは、突然襲われても対応できるように僕はこの街から遠くへ離れることができないということ。

僕だけがこの街を救うことができる。

僕がいないとだめなんだ。

宿について、自分の部屋に戻り、ベッドに寝転がる。疲労が頭の中を占領していき、僕の瞼《まぶた》は強制的に閉じられる。

明日は朝一で領主の城に行かなければならない。なにか話があるらしい。

考えが徐々に混濁していって僕は眠りに落ちた。

「スティーヴン」

声がする。あたりを見回すとなんだか懐かしい場所にいる。そこは僕が生まれ育った家だった。木でできた壁の近くに棚があって、母さんが刺繍《ししゅう》した布がかけられている。刺繍は細かく、たくさんの花が描かれていて、布の下の方には文字のようにも見える枝が描かれている。本当に文字なのかもしれないが、何が書いてあるのか今をもってしてもわからない。

僕を呼んだのは父さんだ。おそらくそうだろう。

この場面は覚えている。当時の僕はまだユニークスキルが発現していなかったから、すべてを覚えているわけではないけれど。

血のつながっていない妹が、父さんの足元にすがりついて泣いている。

「いかないでえ!!」父さんは彼女の頭を撫《な》でながら僕に言った。

「俺はここにいちゃだめなんだ。お前たちを守るためだ。すまない」

彼は足元から妹を離すと、僕に近付いてきて、僕の頭を撫でた。

「元気でいてくれ」

母さんはうつむいて泣いていた。妹は泣き叫んでいた。

父さんは立ち上がると彼女たちをもう一度抱きしめて、家を出ていった。

父さんの顔を僕は思い出すことができない。

僕ははっと目を覚ます。あんなに昔の夢なんて久しぶりに見た。目をこすって、体を起こし、窓の外を見る。

「あれ？」

……やけに人通りが多い。

「今何時だろう？」

僕は慌てて部屋を飛び出し、宿の受付にある時計を見た。時計は九時を回っていた。だらだらと汗が流れる。

まずい！

領主との約束は九時ちょうどからで、すでに十分ほど過ぎている。

「おお、今日は今からなのか？」宿の主人が呑気《のんき》にそんなことを尋ねてくる。僕は頭を掻《か》きむしって叫んだ。

「違います！　遅刻です!!」

まずい！　まずい！

僕は慌てて『空間転写』すると《テレポート》を使って、領主の城に転移した。

転移した先は城の目の前で、庭だった。本来ならば門から入るべきところをすっ飛ばして転移してきたために、城の入口にいる騎士たちが剣を抜いた。

「侵入者だ！」

「違うんです！　すみません!!」僕が両手を挙げて叫ぶと騎士たちは目を細め、僕の顔をじっと見て言った。

「ああ、スティーヴン様。お待ちしておりました」

「突然呼び出してすまないね」

僕の向かいに座る領主がそう言った。城の応接間には他にエレノアと領主の妻、メアリーがいた。エレノアは両手をテーブルの下に隠してもじもじとしている。

僕はずっと頭を下げていた。領主に呼び出されて遅刻してくる奴《やつ》があるか。首をはねられるかもしれない。

「遅れてしまい、すみませんでした」

領主は笑って言った。

「いやいいんだ。夜まで待っていたわけじゃない。ただ、今度は門から入ってくれ。騎士たちが侵入者扱いしてしまう」

「はい。重ね重ね、すみません」僕はさらに頭を下げた。

「王都のように《テレポート》を封じられればいいのだが、そのような技術はもうなくてね。領主としては頼むしかないんだ」

領主はカップを持ち上げた。静かな所作だった。

僕は頭を上げると尋ねた。

「王都では《テレポート》が使えないのですか？」

エレノアが代わりに答えた。

「ええ。敵兵が《テレポート》で城や王都そのものに侵入するのを防ぐためだと言われています。

どれだけ守備を固めて壁を作っても、転移されては意味がありませんから」

領主はエレノアを見て微笑んだ。

「王都の話が出てきたところで、ちょうどいい、今日の本題に移らせてもらうよ」

領主は執事から一枚の手紙を受け取った。蠟《ろう》で封がされていたが、すでに開封済みだった。封の印は剣の上に鞘《さや》がクロスしてのせられている模様だった。鞘の方がシンボルの主体であるかのように見えた。

領主は手紙を開くと机に置いた。

「このシンボルに見覚えは？」領主は封の印を指さした。

「いえ。ありません」

領主は「そうか」とうなずいた。

「これは守護者のシンボルだ。〈魔術王〉の一部が魔術師に奪われないよう守る役目を担っている。本来ならそのはずだ。歴史的には王都を拠点にしているはずだが、今はどうかわからない」

僕は一瞬、エヴァの顔を思い出した。この街に封印されている〈魔術王の右腕〉を奪おうとした魔術師の姿を。

メアリーが続きを話し始めた。

「本来ならば私の家系が守護者としてこの地を守るべきでした。しかし、私は、私自身が守護者の家系だということを知らなかったのです。私より何代か前で守護者の継承は止まっていたようです。すでに魔術師の存在も忘れられ、『守護者』の役目も形だけのものになっていたのでしょう」

メアリーは深くため息をついた。

「守護者として、責務を全うすべきでした。これは私の家系の罪です。あなたには大変な思いをさせてしまいました。申し訳ありません」

領主たちが頭を下げた。僕は少し慌てて、彼らに頭を上げてもらった。

領主の妻が守護者を真に引き継ぐべき存在だということは知っていた。エヴァがすべて教えてくれた。僕が記憶を消され、エヴァの世話係になっていたときに。

僕は手紙を見た。

「それは守護者からの手紙なのですね？」尋ねると領主が答えた。

「そうだ。妻の家名宛で届いている」

内容は以下の通り。

守護者の存在は各地で形だけになっていた。

守護者が積極的に活動しているのは一部の地域に限られていた。

最近は〈魔術王の左脚〉が奪われたティンバーグの調査で忙しかった。

「最後に魔術師から〈魔術王の右腕〉を守ったことについて詳しく知りたい、近いうちにそちらに向かうと書いてある」領主はそう締めくくった。

「守護者がこの街に来るんですか？」僕が尋ねると領主はうなずいた。

「ああ。そのときにはどうか同席してほしい。君が一番このことについて詳しいだろうから」

僕はうなずいた。

「わかりました」

一方、マーガレット。

彼女はあの事件以来ずっと、どこか落ち着かないような気持ちでいた。

エヴァを倒し、街に平和が訪れたあの日、スティーヴンは街中の人間の記憶を整理した。エヴァによって書き換えられた記憶をもとに戻すためであり、それはつまりドロシーの存在を思い出させ、エヴァが敵だったと思い出させるためだった。

もちろん、マーガレットも記憶の整理をしてもらった。エヴァに記憶を改竄《かいざん》されたかは定かではなかったが、念のための処置だった。


それが、ある記憶を呼び覚ました。


遠い昔。まだ、マーガレットが子どもで、何も知らなかったころの記憶だ。

マーガレットは貴族の出だった。彼女の家が治めていたのは自然に囲まれた街で、田舎だった。貴族ではあったがそれほど裕福ではなかった。家族で畑を耕していた。その記憶が思い出される。

父はいなかった。祖父が実権を握っていた。祖父は厳格で、戦うことの中にこそ生きる意味を見《み》出《いだ》せると考えていた。マーガレットは幼いころから戦う術を学ばされた。マーガレットは祖父が好きだった。厳しかったが愛があった。何かができるようになるたびに、祖父はマーガレットを抱きしめた。

ここまではもともとあった記憶。

呼び覚まされたのはここからだ。

ある日、街で火の手が上がった。夜だった。火は見る見るうちに家々を焼いていった。マーガレットは母に起こされて、城の外に出た。火はすでに近くまで迫っていた。

騎士たちが倒れている。血が流れている。

マーガレットは母に急《せ》かされるようにして、必死になって走った。

彼女たちの目の前に、一人の男が立ちはだかった。プレートアーマーを着ていた。装飾はなく、白い鎧《よろい》だった。

彼が兜《かぶと》を外したとき、母が息をのむのが聞こえた。母がマーガレットの肩をつかむ力が強まった。

マーガレットはその男の顔を見た。

紫色の瞳が冷たく刺すようにこちらを見ていた。

彼の後ろに倒れている人物を見て、マーガレットは目を見開いて叫んだ。

「お祖父様《じいさま》！」

祖父がひどい怪我《けが》をして倒れていた。城から上がる火の手であたりは照らされていた。石畳は祖父の血で濡《ぬ》れていた。

祖父は声に反応して、力を振り絞って顔を上げた。

「逃げろ！　マーガレット！」彼は血を吹きながら叫んだ。

プレートアーマーの男が、剣を振り上げた。

「やめて!!」マーガレットは叫んだが、無情にも剣は振り下ろされ、祖父の首が飛んだ。

マーガレットは叫び、母の腕の中で暴れた。

プレートアーマーの男は剣を振って血を飛ばすと、こちらをにらんだ。

母が、マーガレットの腕をつかんで走り出した。が、男の速度は異常だった。彼は一瞬で母の前に移動して、逃げ場をなくした。

母はマーガレットを突き飛ばした。

「逃げなさい！」

母が、プレートアーマーの男に何かを言った。その瞬間、城で大きな爆発があった。

光に目をそらし、もう一度母を見た。

母は、胸を突かれて血を吐いていた。


この男を殺さなければいけない。

戦わなければ死ぬ。


マーガレットはそう悟った。彼女は祖父の倒れていた場所まで走り、祖父の手から剣をとった。

彼女はプレートアーマーの男と向かい合った。

母が倒れた。目が合った。口が逃げなさいと動いた。

マーガレットはうなり声を上げて、駆け出した。その瞬間、体が浮くような感覚を初めて味わった。体は加速して、プレートアーマーの男に迫った。

彼は少しだけ驚いていたが、剣を軽く振っただけでマーガレットをいなした。マーガレットは地面に突っ伏した。

プレートアーマーの男はマーガレットの手を蹴って剣を飛ばすと、彼女の首をつかんで持ち上げた。

マーガレットは腕に爪を立ててもがいた。鎧に引っかかった爪がはがれる。

プレートアーマーの男はマーガレットを観察すると、言った。

「俺の名はアムレン。生きて俺を探しにこい。次に会うときは敵か味方かわからないが」

アムレンは彼女の額に手を置いた。

マーガレットは意識を失った。

マーガレットはソムニウムから少し離れたある街に来ていた。すでに日は暮れかけている。喧嘩《けんか》をする声が聞こえる。子どもがじっとこちらをにらんでいる。店の前で酒を飲んでいる中年男性が、にやにやとこちらを見て笑っている。

この街までは馬車に乗ってやってきたので迷うことはなかった。スティーヴンに付き添いを頼んだが忙しいと断られてしまった。マーガレットは紙を取り出してじっと見た。それは赤髪の男——ブラムウェル・ワーズワースから渡されたものだった。

——本当にここで合っているのだろうか。

マーガレットは不審がりながら、中年のおっさんがにやにやとたむろしている酒場のスイングドアに手をかけて中の様子をうかがった。

薄暗い酒場は娼館《しょうかん》でもあって、露出度の高い服を着た女たちが客を探してうろついていた。マーガレットは一瞬眉間にしわを寄せて、それから、酒場に足を踏み入れてあたりを見回した。

店の奥に、入口からは見えないようになっている席がある。ブラムウェルはそこに一人座って酒を飲んでいた。

マーガレットは何も言わず、向かいに座った。

ブラムウェルは一瞬驚いたような顔をして、それから微笑んだ。

「こんなところに何をしにきた、マーガレット？　エヴァは死んで、街には平和が訪れたはずだろ？　俺に何の用だ？」

「聞きたいことがある」

彼は笑みをひそめるとじっとマーガレットを見た。

「それは『ワーズワースの家系』に関係する話か？」

マーガレットはうなずいた。

店員がやってきて、ブラムウェルの注文した料理をテーブルに置いた。店員はマーガレットに注文をするように言った。彼女は店員の方を見ずにエールを注文した。店員は「あいよ」と言ってその場を離れた。

ブラムウェルはテーブルナイフを取ると言った。

「悪いが俺はそれほど多くを知らない。他を当たってくれ」肉を切り、ナイフで突き刺すと口に運ぶ。マーガレットは言った。

「アムレンという男を知っているか？　白い……おそらくミスリルでできた鎧を着た奴だ」

その名を聞くとブラムウェルは肉を切る手を止めた。

「知ってるんだな？」

マーガレットが尋ねると彼はナイフを置いて、言った。

「その男がワーズワースに関連してるのか？」

「わからない。ただ、私の家族を殺したのは確かだ」

「復讐《ふくしゅう》か」

ブラムウェルは腕を組んだ。

店員がエールを持ってきた。マーガレットは手を付けない。彼女はブラムウェルをじっと見ていた。

「探しにこいと言われた。あいつは何かを知っているはずだ」

ブラムウェルは彼女のエールを手に取った。

「本当なら金をもらうんだが、まあ、同じファミリーネームのよしみだ、これで我慢してやる」

彼はエールを一気に飲み干すと、カップをテーブルに置いて言った。

「王都に行ってエレインという女を探せ。王立図書館で働いているはずだ。彼女が教えてくれるだろう」

「その女性は何者だ？」

ブラムウェルは赤髪をかき上げて言った。

「自分で聞きな」

彼はにやりと笑った。


一方、王都のとある建物。

ある男がいびきをかいて寝ている。外見は三十代後半くらいで、目の下のくまが濃く、疲れているようだった。日はまだ高いのに、彼はロングコートを毛布代わりにして、ごろりと横になっている。部屋には物がない。テーブルと椅子だけが立派な家具だ。

窓から差し込む光が床を照らしている。

「ご主人様――――――!!」

静寂を破る少女の声。おっさんは驚いて目を開け、体を起こしたが、そこに小さな体が突っ込んできた。おっさんは体勢を崩して、また倒れ込む。

「なんだ！　デイジー！」おっさんは叫んだ。デイジーは淡いピンクのローブに身を包んでいた。瑠璃色の髪は長く腰まで伸びていた。大きな目をウルウルと動かして小さな鼻をすんすんと鳴らしていた。

彼女は叫んだ。

「私のリボンがどっかいったあ！」

「そんなことで起こしたのか」おっさんは大きなあくびをして言った。デイジーはおっさんの胸に額をぐりぐりと押しつけた。

「ご主人様が買ってくれたリボン――――！《マジックボックス》に入れといたのに!! うわあああああ!!」

「また買ってやるから」頼むから寝かせてくれ。おっさんはポンポンとデイジーの頭を撫でた。

「盗まれたんだあ!! 《マジックボックス》の中身全部盗まれたあ!!」

おっさんはデイジーを撫でる手を止めた。彼はデイジーごと体を起こして尋ねた。

「今なんて言った？」

「リボン盗まれた」デイジーはウサギのようにすんすんと鼻を動かして言った。

「違う、そのあと。《マジックボックス》の中身が全部盗まれたって言ったな？」

デイジーはこくんとうなずいた。

「〈魔術王の左脚〉もか？」

デイジーはこくんとうなずいた。

おっさんは顔面が蒼白《そうはく》になった。頭を抱えて唸《うな》る。

「ああ、ちくしょう！《墓荒らし》か！」おっさんは立ち上がると、そばに置いていた荷物を持ち、デイジーの手を引いた。

「〈魔術王の左脚〉を取り戻すぞ。他の魔術師に気づかれる前に」

おっさんは建物から出ようとしたが、デイジーが立ち止まり手を離した。

「どうした？」デイジーはうつむいて言った。

「ご主人様、ごめんなさい」

おっさんは振り返ると小さく息を吐いて、デイジーの頭をくしゃくしゃと撫でた。

「お前は悪くないよ」

デイジーはおっさんにひしと抱き着いた。


一方、王都のとある店。

トッド・リックマンの店で働くオリビアは月に一度、この店に品物を卸していた。それは地下で売れずにたまり続ける在庫の一部。《マジックボックス》に入れておいてもいいのだが、金になるならそうしておきたいというのがトッドの考えだった。

「全部でこのくらいだね」恰幅《かっぷく》のいい親父《おやじ》が銀貨を数枚出した。オリビアは眉間にしわを寄せた。

「もう少し」

「仕方ないなあ」親父は銀貨を一枚足した。オリビアは「ありがとう」と言って、銀貨を受け取った。

オリビアが店を出てからしばらくして、長い髪をポニーテールにした女性が現れた。彼女は店を物色して、いくつか商品を購入した。

その中には、リボンが含まれていた。オリビアが例の〔魔術王の左脚〕が入っていた《マジックボックス》から取り出した赤と白の布で作られたものだ。

ポニーテールの女性は、髪留めを外すとリボンを使ってまた髪をまとめ直した。ポケットから小さな鏡を出して自分の姿を確かめる。

「悪くないんじゃないですか？」

彼女が微笑んで店を出ると、一人の男が待っていた。白い服を着て、髪をきっちりと撫でつけていた。服はしっかりと皺《しわ》を伸ばしてあり、ほつれなどは一つもない。

店から出てきたポニーテールの女性を見ると彼は目を細めた。

「アンジェラ。またそのようなものを……」

「なんでですか？　いいじゃないですか。似合ってませんか？」

彼は小さく息を吐いた。店に入るのも嫌がっていた。どこから流れてきて、誰が使ったかわからないものを売る店になど入りたくないというのが彼の言い分だった。

「そのリボンも汚れているかもしれませんよ」

「ええ？　そうですかあ？」

アンジェラはリボンを外して男に突き出した。彼は一歩後ずさった。

「せめて洗浄してください」

男は小さく呪文を唱えると、リボンに魔法を施した。一瞬アンジェラの手から離れたリボンは現れた水の球体の中に納まり、たくさんの気泡に包まれた。水の球体が消えると、次いで、暖かい空気の中でリボンは踊り、乾かされてアンジェラの手に戻ってきた。

「ありがとうございます」アンジェラはリボンで髪を結び直した。

「行きますよ。早くしないとロッドさんに怒られます」

「はーい」

アンジェラたちは王都を出て、ある乗り物に乗った。

それは馬車を改造して作った自走式の車で、魔石で動くようになっていた。

「このような乗り物に乗らなければならないなんて」男はポケットから布を取り出して座席に敷くとその上に座った。

「いいじゃないですか便利で。それに《テレポート》使えませんし」

アンジェラは運転席に乗り込んでニコニコして言った。

「それはそうですが……。まあ、馬よりはいいです」

「でしょ！」

アンジェラがエンジンをかけると、男は言った。

「今度の街では、あなたが他人のスキルを特定できることは、安易に口に出さないでくださいよ」

「わかりましたあ！」アンジェラはニコニコしながら答えた。

「それと特定した他人のスキルをべらべらとしゃべることも禁止です」

「わかりましたあ！」彼女は同じようにニコニコしながら答えた。

男は目を細めてアンジェラを見た。

「以前それで失敗したんですからね。忘れないでくださいよ」

アンジェラは「うっ」と口ごもってから言った。

「わかりました……」

男は首から下げたペンダントをつかんだ。ペンダントには剣の鞘を模したデザインが施されていた。ソムニウムの領主が受け取った手紙の封と同じ図柄だった。彼はペンダントにキスをすると服の中にしまった。

「ご加護を」

「事故なんて起こしませんよ。さて行きますか、ソムニウムに」

アンジェラはアクセルを踏んだ。

三章　ポニーテールと神経質

数日後。

ドロシーが教会で日課の礼拝と子どもたちへの教育をしていると、ある男性が建物に入ってきた。髪を撫《な》でつけ真っ白な服を着ていて、見るからに神経質そうだった。腰には細い剣をぶら下げていた。彼は子どもたちを見ると目を細めた。教会の中を見回してから、仕方ないというように首を振って、子どもたちの方へと歩いてきた。

「そこをどいてください」彼は威圧的に子どもたちにそう言った。

「ちょっと！」ドロシーは注意して、男に近付いた。子どもたちはドロシーの後ろに隠れた。

「何か？」白い服の男は持っていたバッグから何かを取り出しながら言った。

「何かじゃないわよ。子どもたちに何するつもり？」

「何もしません」彼はそう言うとバッグから取り出した機械を地面に取り付けた。その場にしゃがみ込んで何かをつぶやき始める。祈っているようにも呪文を唱えているようにも聞こえた。

ドロシーは他のシスターに子どもたちを教会の外に連れ出すよう指示した。子どもたちは心配そうな顔をしていたが、すぐに街のあそび場の方へ駆けていった。

ドロシーは教会の中に戻った。白い服の男はまだしゃがんだまま何かをつぶやいていた。

ドロシーははっとして尋ねた。

「あなた、もしかして魔術師？」

その言葉を聞くと男はびくっと体を動かして立ち上がり、ドロシーをにらんだ。

「私を、魔術師だと言いましたか？」男は両手を握りしめて震えていた。顔を真っ赤にして、怒りを何とか抑えているようだった。彼はドロシーに背を向けるとしゃがんで、また何かをつぶやき始めた。

ドロシーは恐ろしくなって、教会を飛び出すとギルドへと走っていった。


「スティーヴン！　スティーヴンを呼んで！」

いつものようにマップを写していると部屋の外からドロシーの声が聞こえた。僕は道具を置いて、駆け足で部屋を出た。ドロシーは僕の姿を認めるとすぐに駆け寄ってきて、僕の両肩をつかんだ。

僕は尋ねた。

「どうしたの？」

「なんか、なんか教会に変な人が来て、変な装置を置いてずっと何かつぶやいてるの！　もしかしたら、ま、魔術師かもしれない！」

僕は目を見開いて、ドロシーの手をつかみ、彼女とともに教会のそばに転移した。


教会の扉は開け放たれていた。ドロシーは僕に隠れるようにして後ろから教会の中をのぞいた。

「ほらあそこ。白い服を着た男の人がいるでしょ？　まだやってる。怖いのよ」

確かに彼女の言う通りで、男の人がしゃがみ込んで何かつぶやいている。僕は恐る恐る教会に入って、男に近付いた。

そのとき、彼は最後の一説を唱え終えたようで、すっと立ち上がり、服を叩《はた》いて汚れを払うと僕たちを振り返った。

「そこの女、私のことを魔術師と言いましたね？」彼は目を細めてそう言った。ドロシーはびくっとして、僕に体をほとんど隠すようにして言った。

「だって、怪しいんだもの。いきなりやってきて、子どもたち追い払って急におかしなこと始めるから」

白い服の男は肩についた自分の髪を手で払うと言った。

「これは封印です。月に一度、この機械に魔石を入れてください。ブラッドタイガーから取れる魔石かそれと同程度の魔石であれば十分です。それで封印は保たれます」

僕ははっとして尋ねた。

「〈魔術王の右腕〉の封印ですか？」

その言葉に男は反応した。

「詳しいですね。そうです。あの事件の関係者ですか？」

彼は僕をにらむとポケットから何かを取り出した。

そのとき、教会に女性が入ってきた。

「いやあすみません！　遅くなりました！　お店にいいものがいろいろありまして……」

彼女は僕たちの姿を見ると、笑みを浮かべたまま固まった。白と茶の帽子からポニーテールにした髪が飛び出していた。髪は赤と白のリボンで結ばれている。

ドロシーは「ひっ」と声を出して、謎の二人から距離をとる位置に移動した。

「遅いですよ、アンジェラ。もう終わりました」白い服の男は取り出した何かをポケットにしまった。

「あれ！　そうでしたか、すみません。……お話し中でしたか？」

「いえ、問題ありません」

白い服の男はそう言うと、僕とドロシーのそばを通って、アンジェラと呼ばれた女性のそばに歩いていった。ドロシーは僕を盾のようにして移動した。

「そうですかあ」

アンジェラがそう言って、二人は教会を出ていこうとする。

僕は尋ねた。

「あなたたちは、守護者ですか？」

アンジェラが振り返って言った。

「そうですよ」彼女はニコニコと笑っている。白い服の男はため息をついた。

「『他人に守護者だと伝えない』と注意したじゃないですか」男にそう言われて、アンジェラは頭を掻《か》いた。

「領主様にお話があるのでは？」二人は僕を見た。男が言った。

「そうですが、どうしてそれを？」

「事件について詳しく話してほしいと領主様にお願いされました。僕はあの事件に深く関わっていたので」僕はまたエヴァの姿を思い出した。ドロシーが僕の背中をさする。

「では一緒に行きましょう。話はそこで聞きます」白い服の男が言った。僕が彼らについていこうとすると、ドロシーが僕の服の裾を引っ張った。

「大丈夫？」彼女は不安そうだった。

「大丈夫だよ」僕はドロシーの手を取って小さく握ってから離した。

僕は守護者二人を領主の城に案内した。

アンジェラは先を歩くスティーヴンの姿をじっと見ていた。

彼女の持つスキルは『スキル鑑定』、すなわち、視認した対象のスキルを知ることができるというものだ。これは魔術師相手に強力な武器になった。いくら身を隠していようとも『記憶改竄《かいざん》』スキルを持っていれば、その人物は魔術師である可能性が高いからだった。このスキルのおかげで今まで失敗しても許されてきたところがある。


アンジェラは教会で、すでにスティーヴンのスキルを鑑定していた。

『記録と読み取り（セーブアンドロード）』

『空間転写』と『転写』

そして、

『記憶改竄』

アンジェラは隣を歩く白い服の上司にこっそりと鑑定結果を伝えた。白い服を着た男はまた目を細くして、スティーヴンをにらんだ。


領主の城に着くとまた、応接間に通された。領主が守護者たちに話をして、そのあと僕が事件について詳細に語った。白い服の男はレンドールという名前だった。彼は姿勢を正して、無表情で僕の話を聞いていた。アンジェラはニコニコとしながら僕の話を聞いていたが、エヴァのスキルを〈セーブアンドロード〉で奪ったという話をすると、少し、表情が陰った。僕はそれが気になった。

話がすべて終わると、レンドールが言った。

「わかりました。封印は強化しておきましたので、月に一度魔石を入れるのを怠らなければ安全でしょう。私たちも、ときどきですが、この街の様子を見にきます」

彼はそう言って領主と握手をした。わずかばかりの笑みを浮かべて。


レンドールは城を出ると僕に言った。

「あなたにはもう少しお話を聞きたい。街を出るまでの間で構わないので、同行していただけませんか？　歩きながらお話を聞きたいのですが」

「ええ、構いませんよ」僕が言ったとき、アンジェラが少し慌てた様子で言った。

「あのお」

「なんですか、アンジェラ？」レンドールは首を傾《かし》げた。その声には少しだけ威圧するような色が含まれていた。アンジェラは「うっ」と言って黙ってしまったが、何か言いたげだった。

「では行きましょう」彼はまだ何か言おうとしているアンジェラを無視して歩き始めた。彼女はなんだか申し訳なさそうな顔をして僕を見ていた。


街を出るまでの間に、レンドールはいくつか僕に質問をした。それは中身のない質問に思えて、僕はいぶかった。

街の外に出ると彼は黙ってしばらく歩き続けた。

「あの……僕は仕事があるのでそろそろ……」

「ああ、そうですね」

レンドールは振り返って言った。街から少し離れた場所だった。そこは初めてドロシーと出会った場所に近かった。下り坂になっていて、街の門からこちらは見えないようになっていた。

レンドールはそれを確認するように街の方を見て、それから言った。

「うまく隠れていましたね」

「はい？」僕は何のことかわからず首を傾げた。

「驚きましたよ。まさか功労者として街に溶け込んでいるなんて。恐ろしい」

レンドールは僕をにらむと、突然、ポケットから何かを取り出して僕の首に取り付けた。それは細い首輪で、僕の首を捕らえるとガチャリと鍵がかかった。

急なことで全く反応できず、僕は慌てた。首輪はしっかりと僕の肌に張り付くようにして巻かれていた。

「なんですかこれ！」

「あなたには魔術師であるという容疑がかかっています。というより、もうほとんど魔術師で確定ですね」レンドールはそう言うと不敵に笑みを浮かべた。

僕は逃げようとして《テレポート》を使った。が、その魔法は発動しなかった。それどころか、『空間転写』すら発動しない。僕は目を剥《む》いて、それから首輪に触れた。

これは……もしかして……。

レンドールは僕に近付くと言った。

「それはドラゴンの素材でできた首輪です。得意のスキルも、魔法も使えませんよ」

「外してください！　どうしてこんなことを！」僕は彼から距離を取ろうとしたが、彼は僕の腕を強くつかんだ。

「簡単なことです。アンジェラはどんなスキルを持っているか見抜くことができるのですよ。あなたは『記憶改竄』を持っている。それは疑いようのない事実です」

レンドールはさらに僕の腕を強くつかんだ。僕は痛みに顔を歪めた。

「それは説明したでしょう！　僕はスキルを魔術師から奪ったんです！」レンドールはあざ笑った。

「あなたの話には矛盾点がある。百歩譲って、死ぬと過去に戻れるスキルをあなたが持っているとしましょう。しかしそれを踏まえてもあなたの話はおかしい。なぜ未来で得たスキルを過去でも使えるのですか？　おかしくありませんか？」

「それは……」僕は黙り込んだ。僕にはそれを説明できない。わからないからだ。

エヴァを直接倒したことで、僕は『記憶改竄』のスキルを得た。それは過去に戻っても変わらず僕の中に残り続けた。『転写』スキルも同様だ。どうしてスキルが時間を超えても残り続けるのか、それは僕には全くわからないことだった。

僕が言い返せないのをいいことにレンドールは言った。

「あなたが嘘《うそ》をつき、街の人々の記憶を改竄してのうのうと暮らしていると考えた方がつじつまが合うのですよ。そうではありませんか？　あなたの言うエヴァとやらは本当は存在せず、実はあなたが誰かに成り代わって街で暮らしているのではありませんか？　魔術師は退治したと嘘をついて」

「違います！」僕は言ったがその言葉は空虚だった。説得力を持たない空の言葉は、軽い音を立てて転がった。

僕が領主の城で説明したことは事実だ。だがそれを事実だと知りえるのは僕しかいない。守護者たちの立場に立てばわかる。彼らが確信を持って事実だと言えるのは、僕が『記憶改竄』スキルを持っているということだけ。そして、その事実は僕を黒く見せるのに十分だ。

僕はレンドールの手を無理やり振り払って後ずさった。彼らから逃げなければ魔術師だと疑われたまま最悪殺されるかもしれない。

レンドールは僕をにらんだ。

「逃げるのですか？　いいでしょう。私たちは必ずあなたを捕まえます。街をあなたから救いましょう。大義名分はこちらにあるのですよ。まずは街を守護者の厳重な管理下に置きます。領主は代えなければいけませんね」

「なっ……、なぜ！」僕は目を見開いた。レンドールは続ける。

「当然でしょう。彼女の家系は守護者としての責務を怠りました。それに、彼女自身が守護者としての役目を果たせるとは思えません。公に守護者の名を出すことはできませんが、何か理由をつけて領主としての権限を奪い、別の守護者に領主を務めさせます。今の領主家族――あの娘はエレノアと言いましたか――は路頭に迷うでしょうが、まあ仕方ありませんよね」

僕は歯を食いしばった。こいつは、街を壊そうとしている。

「そんなことはさせない！」僕はレンドールをにらんだ。彼はイライラした様子でため息をついた。

「もう茶番はうんざりです。まだ、魔術師じゃないふりを続けるんですか？　いいから、黙ってついてきてください」

僕はレンドールの冷たい目をにらみ続けていたが、結局、そらしてつぶやいた。

「わかりました。ただ一つ約束してください。ソムニウムは今のまま、領主様にもその家族にも手を出さないと」レンドールはまた深くため息をついた。

「わかりました。それでついてくるというのであれば、約束しましょう」

レンドールはバッグから紐《ひも》を取り出し、僕を後ろ手で縛り猿ぐつわをはめた。僕はされるがままになっていた。アンジェラがおろおろとしているのが目の端に見える。赤と白のリボンが揺れる。

「行きましょう」

レンドールが僕の背を押した。僕は従って歩き始めた。


しばらく歩くと、アンジェラが決心したようにレンドールに言った。

「何も魔術師だと決めつける必要はないんじゃないですか？　彼の話もスキルとのつじつまがあっていますし」

レンドールは立ち止まると僕から手を離し、アンジェラに詰め寄った。

「いいですか、この男は『記憶改竄』を持っているのですよ。あなたがそう言ったのです。危険な存在は消しておくべきです」

アンジェラは黙っていた。彼女は自分が言ったことが発端になっていると自覚していたのだろう。だから、何も言うことができなかったのだ。

レンドールは続けた。

「この男は尋問して洗いざらい吐かせます」

アンジェラははっとしてレンドールを見たが、彼は目をそらして僕の腕をつかみ歩き出した。アンジェラはその場で立ち止まったまま言った。

「もしも魔術師ではなかったら？〈魔術王の右腕〉を魔術師から守った功労者を痛めつけるのですか？」

レンドールは振り返った。

「多くを救うためです。多少の犠牲はつきものですよ。……この街をティンバーグのようにはさせません」

彼はそう冷たく言い放った。


馬車を改造したアンジェラの車を、テリーが興味深そうに見ている。彼は背負っていた大きなバッグを置いて、狐耳《きつねみみ》をピコピコと動かして尻尾を振る。《マジックボックス》の事件から、彼は自分の荷物は自分で持つことに決めていた。車の下に潜り込んで構造を調べては感嘆の声を上げている。

テリーは車の下から這《は》い出てくると運転席に近付いた。

「触らないでください！」

その声にびくっとして、テリーは振り返った。赤と白のリボンでポニーテールにした女が立っていた。彼女の後ろから白い服を着た男がある男を連行して歩いてくる。それは猿ぐつわをされたスティーヴンだった。

テリーはぎょっとしてバッグをとっさにつかんだ。

白い服の男は馬車を改造した車の荷台までスティーヴンを歩かせると、背中を押し、無理やり乗せた。

「見世物じゃないですよ」神経質そうな白い服の男はそう言って運転席の隣に乗り込んだ。運転席にはすでに赤と白のリボンの女が乗っている。テリーはバッグを引きずりながら荷台の後ろに移動した。荷台に乗せられたスティーヴンはうなだれている。

彼の首には真っ黒なリングがつけられている。彼はぼうっと宙を見ている。

そうこうしているうちに車が動き出した。

テリーは、はっとして、急いでバッグから魔石で動く機械を取り出すと、荷台に投げ入れた。スティーヴンはそれに気づいていないようだった。車はスピードを上げ、走り去る。あとには砂埃《すなぼこり》だけが残った。

テリーはまたバッグから機械を取り出す。その機械には方位磁石のようなものがついていて、車が走り去った方を指している。ダイヤルがぐるぐると回って数値を示す。車が離れていくと数値は徐々に上がっていく。

彼はバッグを背負うと、機械を両手に持って、ギルドへと走り出した。

テリーは慌ててギルドに入り、息を切らしてあたりを見回した。

「どうしたのにゃ？　テリー」リンダの声が後ろから聞こえた。

「＃＃＃＃＃＃＃＃＃＃＃」テリーは早口でリンダに告げた。リンダは首を傾げた。

「もうちょっとゆっくり言ってくれにゃ。スティーヴンが何にゃ？」

テリーは数値が上昇していく機械を指さしながらわめいた。

リンダはそれを聞いて、目を見開き、テリーの両肩をつかんで揺さぶった。

「スティーヴンがさらわれたってホントかにゃ!?　テリー!!」

リンダの声にギルド内がざわついた。

マーガレットが近付いてきて、テリーに尋ねた。

「どっちの方角だ？」

テリーは機械を見てからギルドの扉の方角を指さした。

「よし」マーガレットは駆け出した。

「待てにゃ！　マーガレット！　お前は方向音痴だから道に迷う……」

リンダの言葉を全く聞かず、マーガレットはギルドから出ていってしまった。リンダは天井を見て叫んだ。

「ああもう、最悪だにゃ！　追いつけるかもしれない手段がなくなったにゃ！　せめてテリーを連れていけにゃ、マーガレット!!」

テリーは大きく首を振った。

受付の女性がリンダに言った。

「ずいぶん前にドロシーさんが慌ててやってきてスティーヴンさんを連れていきましたよ。教会に変な人がいるって言って」

それを聞いたリンダは言った。

「ドロシーに聞いてみるにゃ！　ついてくるにゃ、テリー！」

テリーはリンダとともに教会に向かった。

教会に入るとリンダはすぐにドロシーを見つけた。ドロシーは教会に新しく設置されたよくわからない機械をじっと見ていた。

「ドロシー！　スティーヴンがさらわれたにゃ！」

「え!?」ドロシーは驚いてリンダを見た。

「それでさっき来た変な奴《やつ》って誰にゃ!?」

ドロシーは慌てた様子で言った。

「守護者よ。魔術師に対抗する組織。一人はなんか神経質そうな近付きづらい男で真っ白な服を着て背筋をぴんと伸ばしてた。もう一人はポニーテールの女で、赤と白のリボンをしてたわ。ちょっと天然っぽかったわね。スティーヴンが領主様のところに案内したはずだけど……」

「＃＃＃＃＃＃＃」テリーが反応して言った。

「スティーヴンをさらった奴らと同じ格好をしてるって言ってるにゃ」

ドロシーは少し考えてからテリーに尋ねた。

「その二人は本当にスティーヴンをさらったの？　スティーヴンが自分からついていったわけじゃないのね？　じゃあどうして魔法で逃げなかったのかしら」

「＃＃＃＃＃＃＃＃」

テリーはスティーヴンが連れていかれたときの様子を話した。スティーヴンが心ここにあらずといった様子だったことも伝えた。

「薬でも飲まされていたのかしら」ドロシーが眉根を寄せた。

「守護者がどこに行きそうかわかるかにゃ？」リンダが尋ねるとドロシーは言った。

「干都……かしら？　わからないわ。そもそも守護者って魔術師と同じで、誰が守護者なのかわからないようにしているはずなのよ。王都はすべての中心だけれど、姿を隠すために、もしかしたら別の街を拠点にしているかもしれないわ」

リンダは頭を掻いた。

「情報が少なすぎるにゃ！」

すると、テリーが飛び跳ねて機械を見せながら言った。

「＃＃＃＃＃＃＃」

「発信機つけたから追いかけられるのかにゃ？　でかしたにゃ！　テリー！」リンダはテリーから機械を受け取って眺めた。

「なんにゃこれ。見方がわからないにゃ」

「＃＃＃＃＃＃＃＃」

「ダイヤルの数字が距離で矢印が方向？　どのダイヤルにゃ？」リンダは機械をさかさまにしたりしていたが、ついにあきらめた。

「テリー、一緒に来るにゃ。この機械がないと手掛かりが何もないにゃ」

テリーはふんふんとうなずいた。

「私も一緒に行くわ。もう一人、守護者の顔を知っている人がいた方がいいでしょ？」

ドロシーの言葉にリンダはうなずいた。


領主に事の経緯を説明し、馬を借りる。そうしている途中にマーガレットが戻ってきた。

「見失った」

「知ってるにゃ」リンダはマーガレットに白い目を向けた。マーガレットはそれを気にしていない様子で馬を見た。

「スティーヴンを追うのか？」

「そうにゃ」リンダは淡々と作業を進める。

「何か手掛かりはあるのか？」マーガレットはリンダに近付いた。

「テリーが発信機つけたからどっちの方向にいるかはわかるにゃ」

それを聞くとマーガレットは笑みを浮かべた。

「発信機が何なのかわからないが、方向はわかるんだな!?」

そう言うと、彼女はリンダの載せていた荷物を下ろし始めた。

「何するにゃ!!」リンダは叫んだ。

「私も一緒についていく。荷物は《マジックボックス》に入れよう」

次々と荷物を下ろすマーガレットをリンダはしばらくにらんでいたが、最後にはため息をついて自分の馬に向かった。

「さっきみたいに勝手に突っ走ったらおいていくにゃ」

マーガレットは荷物を《マジックボックス》に入れながら言った。

「ああわかった」

荷物を収納し終えるとマーガレットは馬に乗って言った。

「どっちに向かうんだ？」

テリーが指さした方向に、彼女たちは移動し始めた。

四章　探す者と追う者

数日後、僕たちはとある場所にたどり着いた。そこはとても高い壁に覆われていた。ソムニウムとは比較にならない大きさで、壁の途中にはいくつかの塔があり、兵が常駐しているようだった。

門は巨大で、人々が列をなしてぞろぞろと中に入っていく。商人だろうか、馬車を門の前で止め、門番と話をしている。

守護者たちは車を壁の外にある馬車置き場に止めた。僕は誘拐された次の日には猿ぐつわを外されていた。相変わらずドラゴンの首輪はついていたので逃げられはしなかったが。レンドールが僕の腕を縛る縄をほどいた。

「ここはどこですか？」僕が尋ねるとアンジェラが答えた。

「王都ですよ」

余計なことをしゃべるなという風にレンドールににらまれて、アンジェラはしゅんと肩を落とした。彼らは僕を車から降ろすと列に並ばずに一直線に門に向かう。並んでいる人々は僕たちを見て眉根を寄せた。

巨大な門はよく見ると隣に小さな扉がついていて、体の大きな騎士がその前に立っていた。レンドールは彼の前まで来ると、ポケットから小さな紙の筒を取り出した。騎士はそれを受け取って中を読むと、小さく何度かうなずいてレンドールとアンジェラをじろりと見た。アンジェラは引きつった笑みを浮かべた。騎士は僕を指さして言った。

「その男は？」

「客、です」

騎士は僕の首を見るとまた小さくうなずいて、紙をレンドールに差し出した。レンドールが受け取ろうとすると、騎士は紙をひっこめた。

「しっかりと見張っておくように」

「重々承知です」レンドールが言うと、騎士は、今度こそ紙をしっかりと返した。

大きな体を揺らしながら、騎士は振り返り、扉を開けた。

王都に入るとその大きさに圧倒された。門からまっすぐに大きな通りがあって、店には見たことのない商品が並び、建物は高かった。見たことのない種族が見たことのない食べ物を売っている。使い方のわからない武器を身に着けた男が歩いている。

僕が立ち止まって呆《ほう》けていると、レンドールが僕の背中を押した。

「ほら、歩いてください」僕は慌てて歩き出した。

人の間を潜《くぐ》り抜《ぬ》けて僕たちは進んでいく。聞いたことのない言葉が飛び交っている。方言なのか、種族特有のものなのか、それすらわからない。

人にぶつかり、僕はよろけた。

「おう、すまねえな」

巨大な男が僕を見下ろしていた。腕も足も、小指までもが太い。背負っている盾は、どこかの建物の壁を一枚引きはがしたのではないかと思うくらい大きく、厚かった。

僕は目をひん剝《む》いたまま言った。

「いえ、大丈夫です」

男の肩には小さな少女が座っていて、彼の耳を引っ張った。

「ほら、いくよ」

「ああ」大きな男は僕に小さく手を挙げると、大きな歩幅で歩いていった。

……あれは、冒険者だろうか。狭いダンジョンに入るのは苦労しそうだが、あの大きな盾はパーティにとって心強い。王都の冒険者ギルドにはあのレベルがたくさんいるのだろうか。僕は口を開けたまま大きな男の背を見ていた。

しばらく歩いていると広場に出た。そこは通りが交わる場所になっており、放射状に延びる通りの一つが、城に続いているように見えた。城は巨大だ。小高い場所に建てられたその建物は、周囲に壁が作られていて、簡単には入れないように見えた。《テレポート》が使えないのだから更に堅《けん》牢《ろう》だろう。

あそこに王がいる。たぶん。

僕のような平民には全く縁のない話だ。玉座に誰が座っているのか、どんな顔をしているのか、僕は知らない。

ようやく人の密集地帯を抜けられて僕はほっとした。

守護者たちは慣れた様子で歩いていく。


僕たちは、瑠璃色の髪の少女とすれ違った。


その少女は大きな目をさらに大きく開いて、僕たちを見ていた。淡いピンクのローブで体全体を包んでいて、裾から僅かに細い脚が見えた。首元にはフリルと大きなリボンがあって、かなり質がよさそうに見えた。もしかしたら貴族なのかもしれない。

ではなぜ一人で？

以前、エレノアが一人でソムニウムを歩き回っていたがそれとはわけが違う。瑠璃色の髪の少女は幼い。しかも、ここは王都でたくさんの人がいる。上質そうな服を着た小さな子どもが一人でいればどうなるか、誰だって予想できる。

僕はその少女が気になった。迷子かもしれない、というのが初めの印象だったが、それは徐々に別の考えに塗りつぶされていった。

彼女はあまりにも僕たちを凝視している。

何を見ている？

少女の視線を追うとアンジェラの頭の上、ポニーテールにたどり着く。

僕たちは歩き続ける。少女は僕たちの後方へ消えていく。人々が彼女の姿を隠す。僕は視線をそらして、前を向く。

突然、隣を歩いていたアンジェラが立ち止まった。彼女は後ろを振り返り叫ぶ。

「うわ！　何ですかいきなり！」

振り返ると瑠璃色の髪の少女が、アンジェラの服をつかんでいた。いつの間に距離を詰めたのだろう。僕は驚いて後ずさった。

少女は顔を上げて言った。

「見つけた」

その瞬間、アンジェラはカッと目を見開いて、少女の手を払った。

「『記憶改竄』を持っています！　魔術師です！」アンジェラは僕たちにそう言って少女から距離をとった。僕はレンドールに服をつかまれ、数歩下がる。

レンドールは服をつかんだまま僕に言った。

「いつ仲間を呼んだのですか？」まだそんなことを言っているのか。僕は半ば呆《あき》れたように言った。

「僕は魔術師じゃありません」

レンドールは舌打ちをすると、ナイフを取り出して、僕の髪をつかみ、首にナイフを当てた。彼は少女に言う。

「仲間を助けにきたのでしょう！　少しでも動けばこいつの命はありませんよ」

そんなことをしても意味はない。狙いはおそらくアンジェラだ。僕はアンジェラに言った。

「アンジェラさん、っ！」レンドールが僕の首に強くナイフを当てた。首筋を生温かいものが伝い、首輪の上を後ろに流れていく。じりじりとした痛みがのどに線を引く。僕は息を止める。耳の内側で、ごつごつと脈打つ音が高鳴る。

「黙っててください！」レンドールは叫んだ。

僕たちの様子に気づいた人々が悲鳴を上げて後ずさる。

少女は僕のことなど全く気にせず、アンジェラの方へと歩き出した。アンジェラは「ひっ」と言って一歩下がった。

少女はアンジェラに手を差し出して言った。

「私のリボン、返して」

レンドールの力が弱まった。彼が動揺しているのが伝わってくる。

「あの子は、何を言っているんですか？」彼は困惑している。

「わかりません」ナイフがわずかに離れ、首輪にカチカチと当たる。僕は小さく息を漏らす。

「え？　あ、リボン？　これのことですか？」アンジェラはポニーテールを結んでいる赤と白のリボンを指さした。少女はうなずいた。

アンジェラはすぐにリボンを外すと、恐る恐る少女に手渡した。瑠璃色の髪の少女はそれを受け取ると、安堵《あんど》のため息をついて微笑《ほほえ》んだ。

「よかったあ」少女はリボンを頭につけて、生地を引っ張り、形を整えた。

レンドールは僕の首からナイフを離すと、切っ先を少女に向け、尋ねた。

「あなたはこの男を助けにきたのではないのですか？」

瑠璃色の髪の少女はしばらくリボンを触っていたが、僕を見ると言った。

「誰それ。知らない。興味ない」

「は？」レンドールはあっけに取られたような声を出した。彼はナイフを下ろすと、僕の髪から手を離した。僕はレンドールから一歩離れ、膝に手をついて荒く呼吸をする。首輪を伝った血がぽたぽたと地面に落ちて模様を作る。

息が整い、脈が落ち着くと僕は少女を見た。彼女は本当に魔術師なんだろうか。ただの少女にしか見えない。もしかしたら僕と同じように、スキルを手にしてしまった一般人なのかもしれない。それに『記憶改竄《かいざん》』は人に貸与できたはずだ。以前僕はリンダたちにスキルを貸与して、ソムニウムの人々の記憶を戻したことがある。

なんにせよ、『記憶改竄』を持っているからといって、魔術師であると考えるのは早計だ。関わりがあるという見方をするのが正しいだろう。

見極める必要がある。

アンジェラは僕を一瞬見てから瑠璃色の髪の少女に尋ねた。

「そのリボンは大事なものだったんですか？」

「そうだよ！　ご主人様が買ってくれたの！　見つかってよかったあ！」少女は顔を輝かせて言った。ご主人様という単語が引っ掛かった。アンジェラもそうだったのだろう、レンドールを見てから言った。

「そのご主人様に会わせてくれますか？」

まるで迷子に親の場所を聞くように、アンジェラは優しい声でそう尋ねた。少女は思案顔をしていた。

「いいけど……その前に聞かせて？」

「なんですか？」

瑠璃色の髪の少女は大事そうにリボンに触れて、それから、尋ねた。

「〈魔術王の左脚〉はどこ？」

少女の幼い言動に油断していたのだろう。アンジェラはその意味を理解するまで数秒固まっていた。

「え？」

「このリボンと一緒に盗んだでしょ？〈魔術王の左脚〉はどこ？」

瑠璃色の髪の少女は大きな目でアンジェラをじっと見つめた。彼女の顔からは幼さが消え、生気のない、刺すような冷たさだけが残っていた。

「わ……私は……知りません」アンジェラはなんとか言葉を紡ぐ。「あれはティンバーグから魔術師たちが奪ったじゃないですか？」

「そうだよ。私が持ってたのに盗んだでしょ？　返して」

少女はアンジェラに手を差し出した。

レンドールが一歩少女に近付き、つぶやいた。

「この魔術師が……ティンバーグを……破壊した？」

レンドールの顔が紅潮していく。彼の目は少女に釘付《くぎづ》けになっている。歯ぎしりをして呼吸を荒くしている。鼓動が隣にいる僕まで聞こえてきそうだった。

彼は言った。

「故郷の仇《かたき》をこんなに早く見つけられるとは思ってもみませんでした」

レンドールはポケットからドラゴンの輪を取り出した。彼はもう僕のことなど忘れたように、僕から離れ、少女の方へと歩いていった。

逃げることもできた。が、あの少女が気になった。少女が心配なのではなく、少女によって、どんな災厄がもたらされるかが心配だった。

僕は様子を見ることにした。どちらにせよ、レンドールの持っている鍵がなければ首輪は外せない。魔法を使えないままではソムニウムまでどう帰ればいいのかわからない。

「私は知りません!!」アンジェラはおびえて叫んだ。

「嘘《うそ》つき」少女は両手を握りしめて、アンジェラを大きな目でじっと見ている。

レンドールはアンジェラを責める少女の隣に立った。少女は彼をちらりと見た。

「〈魔術王の左脚〉を奪ったのはあなたで間違いありませんか?」レンドールは奮える声で言った。

少女はレンドールをにらんで言った。

「うん。ご主人様と一緒に奪った」

レンドールはカッと目を見開くと少女にドラゴンの輪をつけようとした。が、一瞬早く少女が動く。

「触らないで!」

少女は叫び、レンドールを突き飛ばした。

彼の体は浮き、投げられたように地面に転がった。僕の近くまで飛ばされた彼は苦しそうにうめいた。

アンジェラはその隙に少女から距離をとった。

レンドールはなんとか立ち上がると、持っていたいくつかのドラゴンの輪と鍵の束を地面に投げ捨てた。なぜそんなことをするのかわからなかった。僕に逃げろというのか。

違う。彼はスクロールを取り出した。魔法を使うために、ドラゴンの素材が使われたものを体から離したのか。

彼の顔は真っ赤に染まり、目は充血していた。呼吸は荒く、冷静であるとは言えなかった。

明らかに様子がおかしい。

レンドールが開いたそのスクロールには見覚えがあった。

《ファイアストーム》

そんなものをここで使ったら、甚大な被害が出る。異変に気づいて逃げている人もいるが、いまだ僕たちの周りには大勢の人がいた。それに、アンジェラだってまだそばにいる。

「ちょっと！　それはやりすぎです!!」僕の言葉はレンドールの耳に届かない。

彼は叫んだ。

「アクティベイト！」

スクロールが発動する。羊皮紙が消失して、少女のまわりに光の輪が現れる。

「逃げてください!!」僕はアンジェラに向かって叫んだ。アンジェラは恐怖に顔を歪めて、後ずさる。

光の輪が拡大する。広場の真ん中で巨大な魔法が発動してしまう。発動範囲にはアンジェラを含め多くの人が入ってしまっている!!

僕は《アンチマジック》を使おうとしたが、もちろん、首輪のせいで『空間転写』もできない。

僕は見ていることしかできない……。


そのとき、瑠璃色の髪の少女が腕を振った。


何かを振り払うようなそんな仕草だった。

その瞬間、光が、消える。巨大な発動範囲を持った光の輪が、ふっと消え、魔法が消滅する。

その消え方はまるで《アンチマジック》を使った瞬間のようだった。

もしくはドラゴンの素材でも持っているのだろうか？


レンドールは舌打ちをして、さらにスクロールを取り出した。

まずい。彼は見境なく巨大な魔法を使い続けるだろう。少女がいつまで魔法を消滅させられるかわからない。もし何かの拍子に魔法が発動してしまえば、アンジェラたちが巻き込まれてしまう。

僕は地面に投げ捨てられた鍵の束を手に取った。どれが僕の首輪の鍵かわからないが一つずつ試していくしかない。

レンドールはいくつかスクロールを消費したが、すべて少女に消されてしまい、魔法は発動しなかった。

彼は、腰にぶら下げていた細い剣を抜くと切っ先を少女に向け、突進した。瑠璃色の髪の少女はくるりと回転して、どこから取り出したのだろう、剣を片手に振り返った。

彼女は地面を蹴って跳び上がり、レンドールの鋭い斬撃を剣で跳ね上げ、彼の胸を蹴った。

レンドールは大きく後ろによろけた。少女は反動で後ろ宙がえりをして着地すると、すぐに屈伸して、彼の空いた懐に入った。

レンドールは体勢を保てない。彼はなんとか少女に反応して剣を構えるが、その守りは貧弱そのもの。少女の斬撃が細い剣の上からレンドールを襲う。

彼は腹を裂かれて地面に倒れ込んだ。血液がぱっと散った後、ドロドロと石畳に流れていく。

広場に悲鳴が響く。人々が逃げる。

どう見てもレンドールは劣勢だ。加勢しなければ、次にやられるのはアンジェラだ。僕は指で首輪を触り、鍵穴を探す。首輪が僕の血で滑る。

「どこだ、どこだ！」首にぴったりとはまり、髪まで巻き込んでしまっている首輪の鍵穴を探すのは至難の業だった。鍵穴はあろうことか首の後ろ、何本も髪を巻き込んだ場所の近くにあった。僕は鍵穴の位置を左手の指で押さえながら、右手で鍵を一つ選ぶ。

鍵は全部で五つ。

アンジェラがスクロールを取り出して、開き、起動呪文を唱えた。

「アクティベイト」

レンドールに追撃しようとしていた少女は、はっと気づき、腕を振って魔法を消す。アンジェラは続けざまにバッグからスクロールを取り出して発動する。魔法は効かなくとも牽制《けんせい》にはなる。

その隙にレンドールが腹を押さえて立ち上がる。目は死んでいない。

僕は血で滑る鍵穴にようやく一つ目の鍵を差し込む。しかし、

「回らない！」

鍵を外し、別の鍵を選ぶ。レンドールの戦い方は時間を稼ぐものではない。むしろ逆で、命とひきかえに敵を倒すような、捨て身の攻撃だった。

彼は咆哮《ほうこう》を上げ、少女に突撃する。痛みなどないかのように、駆ける。

もう少し、もう少し時間をくれ。僕は祈る。二つ目の鍵は回らない。

と、少女がレンドールに右手を向けた。剣は持っていない。突進に対抗できるとは思えない細い腕。

何をするつもりだ？

彼女の手の周りに光の輪ができる。僕は手を止めて、彼女の姿を凝視する。

まさか。そんな。

魔法が、発動する。

無詠唱で。

瑠璃色の髪の少女の右手から氷の矢が螺旋《らせん》を描いて発射される。その魔法は僕がダンジョンでリンダの矢にかけた魔法と同じもの。突き刺さればトカゲのように、周りを巻き込んで凍結する。

「よけろ!!」僕は叫んだが、遅かった。

矢はレンドールの左肩に突き刺さる。一瞬で半身が足まで凍結した。

レンドールはしばらくわめいていたが、すぐに動かなくなった。

少女が彼から目をそらして、アンジェラの方を向く。アンジェラはすでにスクロールを消費しつくしている。彼女は抵抗する手段を持っていない。腰を抜かし、怯《おび》えきり真っ青になった顔で少女を見ている。

少女が剣を構える。

三つ目の鍵で僕の首輪が、外れる。

間に合った！

僕は首輪を投げ捨てると、土魔法のスクロールを複数『空間転写』した。

「アクティベイト」

少女の周囲にいくつもの光の輪が出現する。

彼女は目を見開いて、そのいくつかを消去したが、すべてを処理しきれたわけではない。

魔法が発動する。地面が隆起して少女を捕らえようとする。

が、少女は高く跳び上がり、ひらりとその魔法をよける。着地と同時に一瞬で僕の方へと突進してくる。

その速度は赤髪の男に劣らない。目で追える速度ではない。

僕は事前に魔法壁を大量に体の前に出現させていた。突進してきた少女が魔法壁に気づく。彼女の剣はぴたりと止まり、反射されない。

彼女は気づいたように僕に尋ねた。

「あなた、エヴァを殺したスティーヴンね？」

僕はぎょっとした。

「どうして名前を!?」

「ご主人様が言っていたから知ってるの。それに魔術師は皆知ってるよ」

その事実は僕を動揺させるのに十分だった。

彼女はふっと視線をそらした。どこからか騎士が数人駆けつけてきた。冒険者もちらほら混じっている。

少女はアンジェラの方を見る。

「絶対取り戻すから」そう言うと、少女はとんと後ろに飛んだ。彼女の周りに光の輪ができる。

王都では《テレポート》が使えない。

――敵兵が《テレポート》で城や王都そのものに侵入するのを防ぐためだと言われています。どれだけ守備を固めて壁を作っても、転移されては意味がありませんから。

エレノアがそう言っていた。

だから僕は瑠璃色の髪の少女が何をするのかわからなかった。動揺していた僕は《アンチマジック》も使わずただ彼女を見ていた。

「じゃあね」少女はそう言って、
消えた。

「そんな」アンジェラが目を見張った。

レンドールの遺体を氷から取り出した。彼は最期の瞬間まで少女をにらみ続けていた。顔は引きつり、安寧な眠りとは言えなかった。地面に横たえると、アンジェラが駆け寄って、彼の目を閉じた。

騎士たちに話を聞かれた。それは主に少女についての話で、どうして《テレポート》が使えたのかということがほとんどだった。

僕はその間ずっと瑠璃色の髪の少女の言葉が気にかかっていた。

——魔術師は皆知ってるよ。

途端に街のことが心配になった。

どうしようもない不安に襲われて、僕は《テレポート》を使った。

しかし、確かにその魔法は発動せず、消えた。

僕は掻《か》きむしるように胸をつかんだ。

エヴァの復讐《ふくしゅう》のために僕を狙い、ソムニウムを襲う存在が現れるかもしれない。そうでなくとも、エヴァという魔術師の計画を破壊した僕の存在は邪魔なはずだ。

僕がいると街がさらに危険にさらされる！

僕は夢に見た父さんを思い出した。

——俺はここにいちゃだめなんだ。お前たちを守るためだ。すまない。

その気持ちが今なら痛いほどわかった。ただ、ソムニウムには〈魔術王の右腕〉がある。父さんのようにただ出ていくだけではだめだ。街を守る存在を残しておかなければならない。マーガレットがいる。ドロシーだって守ってくれるだろう。

あとは……。

僕はアンジェラのもとへと近付いた。

アンジェラはレンドールの遺体のそばで泣いていた。

「すみません、すみません。私のせいです！」

彼女はうなだれてレンドールの腕をさすっていた。僕がもう少し早く首輪を外していれば、あるいは彼を助けられたかもしれない。ただ、彼のあの様子からすると、どちらにせよ死ぬまで戦い続けていたように思う。故郷の仇だと彼は言っていた。

僕はアンジェラに近付いた。

「あなたのせいではありませんよ」

彼女は顔を上げた。

「でも……でも私があのリボンを持っていたから……魔術師に見つけられて……」アンジェラは顔を歪めて泣いた。

彼女は涙声で続けた。

「ティンバーグはレンドールさんの故郷だったんです。だからあんなに無理をして……それで……。あなたに強く当たっていたのもそのせいなんです」

「そう……ですか」

故郷。守るべき場所。焦りばかりが募っていく。

アンジェラは涙を拭くとレンドールの首からペンダントを外して言った。

「私は〔魔術王の左脚〕を取り戻して、あの魔術師を倒します。それがレンドールさんの魂を鎮めてくれるでしょう。私がいくらミスをしても、見捨てずにいてくれた彼の魂を」

彼女は最後の涙を流すと立ち上がり、ペンダントをつけた。

ポケットから髪留めを取り出して髪を結ぶ。ポニーテールが揺れる。

「そのために、スティーヴンさん、私に協力してください。勝手なお願いだということはわかっています。無理にここまで連れてきて、その上、協力しろなんてあまりに恥知らずだと思います。けれど、私には、私たちにはあなたの力が必要なんです！　お願いします！」

彼女は深く頭を下げた。

僕はアンジェラに頼みがあった。

「僕は……街が心配です。あの街には〔魔術王の右腕〕があります。いくら封印を強化したからといってそれを突破される危険は十分にあります。現に、あの魔術師の少女は《テレポート》を使えないはずのこの場所で、目の前で転移して、いなくなりました。魔術師たちには常識が通じない。僕はただ、いつ街がまた瓦礫《がれき》の山になってしまうか心配なんです」

「また……？　ああそうでした。あなたは何度もやり直してきたんでしたね」

僕はうなずいた。アンジェラがそれを信じているかどうかはわからなかった。

「なので、守護者を何人かソムニウムに送ってほしいです。それが僕の願いです」

彼女は少し考えてから言った。

「もし、〔魔術王の左脚〕を取り戻すことができれば、捜索に当たっている守護者を街に回すことができます。ソムニウム以外の街にも守護者を何人か送れるでしょう。昔のように、常に守護者がいる状態にします。それでどうですか？」

「魔術師の存在を見破れる人が欲しいです。あなたのような」僕が言うと、アンジェラは一瞬迷ったが、言った。

「わかりました。私がソムニウムに行きます。あの街を守ります。だからどうか、お願いします」

アンジェラは頭を下げた。僕は、ほっとして、手を差し出した。

「わかりました。協力します」

アンジェラは笑みを浮かべて僕の手を取った。

「ありがとうございます!!」

レンドールの遺体はアンジェラが呼んできた人々によって丁重に運ばれていった。おそらく守護者だろう。白い服を着た人々で、顔は布で隠されていた。男性か女性かもよくわからなかった。彼らは一言も話さずにレンドールの遺体を布で覆い、運んでいった。

レンドールの荷物はすべてアンジェラが引き取った。彼女はレンドールの姿を見送ると目元を拭いて、僕に言った。

「ついてきてください。会ってほしい人がいます」

アンジェラは歩き出した。


路地裏を進む。何人かの物乞いのそばを通り過ぎる。この場所は衛生的とは言えなかったが、アンジェラは気にせず歩き続ける。

日が暮れかけていた。

たどり着いたのは小さな家だった。まわりにも同じような小さな家が密集していた。

体の細い子どもが走り回っている。女が道に洗濯した後の水を流す。水は坂を下っていく。

「ここで生活している人たちは私たちに興味がないんです」アンジェラはそう言って家のドアを開けた。

確かに、僕は初めてここに来たよそ者なのに、まわりの人々は見向きもしない。

「彼らは自分のことで精いっぱいなんです。毎日生きるのに必死で、まわりのことなんて気にしていられないんです。誰がこの家に入ろうが、誰が出ていこうが、誰が道で倒れていようが彼らには関係ありません」

アンジェラは僕を家の中に導いた。彼女は扉を閉める。

「だから、私たちには好都合だったんです。人に存在を知られてはならない、守護者たちにとっては」

家の中はがらんとしていた。机と一組の椅子。それにロウソクが一本だけあった。そのほかには何もない。全く生活感が感じられない。

アンジェラは部屋の奥に向かっていき、地面にある両開きの扉の手前にしゃがみ込んだ。扉の取っ手近くに剣と鞘《さや》がクロスしたマークが描かれている。

彼女はレンドールのバッグから鍵を取り出して、鍵穴に差し込み、回した。

扉を開くと地下へと階段が続いている。アンジェラはバッグからランプを取り出して、階段を照らした。

「この先です」僕はまた彼女の後に続いた。

扉を閉めて内側から鍵をかけ、階段を降りると、細く長い通路が続いていた。まっすぐではなく曲がりくねっている。僕は無意識にバッグから距離計を取り出して、道の長さを測って〈記録〉していた。

そう、この場所はダンジョンに似ている。

ときどき壁に四角い跡があった。もしかしたら位置番号が書かれた板がはめてあったのかもしれない。

かなり長い距離を歩いた。道はときどき分かれていて、僕はそちらを探索したい欲求に駆られた。しばらくすると一つの扉の前に来た。その扉には先ほどと同じ剣と鞘のマークが大きく描かれていた。

アンジェラが扉を開く。

そこは小さな礼拝堂のような場所だった。四脚の長椅子の前に祭壇があって、そこには剣が横たわっていた。壁には光を発する石が埋まっている。礼拝堂の中は仄《ほの》かな光で満たされている。

祭壇の前に一人の男が立っていた。年齢はわからない。目を覆うようにして巻いた布は額まであった。白い服を着ていた。その服はレンドールが着ていたものによく似ていた。髪は長くまっすぐで黒かった。僕たちに気づくと彼はゆっくりとこちらを向いた。

絹の束のように髪が揺れる。

「お帰りなさい、アンジェラ。話は聞きました。レンドールのことは残念でした」黒髪の男性は僕の方へ顔を向けた。「その方は？」

僕は驚いた。目に布を巻いているのに見えているのだろうか？

アンジェラは言った。

「ソムニウムで〈魔術王の右腕〉を守ってくれた方です」

僕は彼に名乗った。

「スティーヴンといいます」

「私はロッドといいます。よろしくスティーヴン」ロッドは右の手のひらを上に向けて僕に差し出した。彼の手のひらには焼き印が押されていた。僕の方からは「Ⅸ」と見えた。もしかしたら「Ⅺ」かもしれない。皮がひきつっていた。

僕はロッドの手を取って握手した。その瞬間、彼は少しだけ表情を暗くした。僕の手を強くつかみ、顔をそむけた。一瞬つらそうに腹部を押さえ、地面に膝をついた。

「大丈夫ですか!?」アンジェラが彼に駆け寄った。

「ええ、大丈夫です。……スティーヴン、辛い想《おも》いをされましたね」僕はぎょっとして手を離した。

ロッドは申し訳なさそうに言った。

「何をしたんですか？」僕は自分の手をさすりながら尋ねた。

「すみません。あなたの記憶を読ませてもらいました。私のスキルは『記憶の閲覧』です。あなたが体験したことを追体験できる能力です。といっても現在から五年前までしか読み取ることができませんが、痛みまで鮮明に体験できます。……赤髪の男に心臓を刺されたときは死ぬかと思いましたよ」ロッドは苦笑した。彼は脂汗をかいている。もともと白い顔はさらに青白くなり、あまり体調がよくなさそうだった。彼は続けた。

「……私たちは誰でも疑わなければならないのです。それはあなたもご存じでしょう？」

僕は彼から目をそらした。

記憶を見られるのはいい気分ではない。なんだか大切なものまで覗《のぞ》き見《み》られ、奪われたようで気味が悪い。僕はロッドから距離を取った。ロッドは言った。

「アンジェラ、この方が言っていることは本当ですよ。彼は魔術師ではありません。魔術師を倒し、ソムニウムを守った功労者です」

アンジェラは安堵したように息を吐いた。

「そうですか。よかった……」

僕は驚いて彼女に尋ねた。

「疑っていたんですか？」

「いえ……、ええ、少し疑っていました。私は、あなたは魔術師ではないと信じていました。ただ確証がなかった。ロッドさんのスキルは本物です。私が『スキル鑑定』で見ればそれは明らかです。私は確証が得られて安心したんです。すみません」

彼女は僕に頭を下げた。

そうか、『絶対に信じられるもの』があれば、それを使って僕の嫌疑を晴らすことができるのか。

僕は思案顔をした。そう考えると、レンドールのやり方はかなり無理のあるやり方だったのだと思う。彼がどれだけ故郷の仇に執着していたのかがわかる。

ロッドは僕に言った。

「すぐにソムニウムに守護者を送ることはできません。ただ、アンジェラの言った通り〈魔術王の左脚〉を取り返せば、守護者を手配できます」

「ほんとうですか？」

ロッドはうなずいた。

これで約束を取り付けることができた。あとは〈魔術王の左脚〉を手に入れ、少女とその主人を倒して、僕がソムニウムから離れればいい。

それで街に安寧が訪れる。


アンジェラはロッドに尋ねた。

「私たちが会った少女に見覚えはありませんか？」

ロッドは首を振った。

「いえ。初めて見る魔術師です。それに王都で転移魔法を使える者など見たことがありません。転移魔法に特化した魔術師なのでしょうか、わかりません。とにかく彼女が手掛かりです。何としても見つけ出してください」

アンジェラはうなずいた。

「今日はもう遅いので、ここで休んでいってください。明日からお願いします」

ロッドはそう言うと、礼拝堂を出ていった。


アンジェラは僕に頭を下げ、握手を求めた。

「これからよろしくお願いします!!」突然のことで僕は驚いたが、手を握り返した。アンジェラはぶんぶんと手を振った。

「痛い、痛いです」僕が言うと彼女はいきなり手を離した。僕の手は上方に投げられた。

「あ、すみません」アンジェラはニコニコと笑っている。が、無理をしているのがよくわかった。目は泣きはらしているし、手は震えている。彼女は怖がっている。

狙われる可能性があるのは彼女だ。そして、瑠璃色の髪の少女との戦闘を見る限り、アンジェラはあまり戦闘能力が高くない。スクロールを使って牽制できるくらいだろう。

それも、あの少女の前では無意味に等しい。

アンジェラは殺意を向けられた。もしかしたら初めての経験なのかもしれない。

僕はソムニウムのために、守護者たちを利用しようとしていた。それはそうする必要があったからだが、よくよく考えれば、僕はアンジェラのことを何一つ考えていなかった。彼女は決意した。だがそこには多くの恐怖があったはずだ。僕はそれを一切考えなかった。

彼女は怖がっている。目の前で上司を殺され、生気のない目でにらまれ、次はお前だと宣告されているような状況だ。僕はもう一度手を差し出した。

「〈魔術王の左脚〉を探しましょう。それが第一目標です。あの少女やその主人が現れたら……」

そう言った瞬間、アンジェラはびくっと肩をすくめた。僕は小さく息を吐いて微笑んだ。

「現れたら、僕が守ります。あなたが逃げる隙くらいは作れるでしょう」

アンジェラはきょとんとした顔をして僕を見ていた。

「なにか？」僕が尋ねるとアンジェラは動揺して、それから言った。

「無理やりここに連れてきてしまったのに……、そう言ってもらえるとは思いませんでした」

「ああ」僕は頰《ほお》を掻いた。「でもあれはレンドールさんの独断みたいなものでしたし、彼も事情があったのでしょう？」

アンジェラはうなずいて、それから、僕の手を取った。両手で優しく包むように。

「お、おねがいします」

アンジェラはそう言ってうつむいた。僕は彼女の手を握り返した。彼女はまたびくりと反応して、すぐに手をひっこめてしまった。あわあわして、何度か手を振ると、固まった。

「大丈夫ですか？」僕が尋ねると彼女は言った。

「大丈夫です！」アンジェラは僕から目をそらして、むむむと唸《うな》った。

僕は彼女に聞きたいことがあった。

「あのリボンってどこで手に入れたんですか？〈魔術王の左脚〉と一緒に盗まれたとあの子は言っていました。何か手掛かりがつかめるかもしれません」

アンジェラはふっと僕を見て、「ああ」とつぶやくと言った。

「私がよく行く雑貨屋です。ソムニウムに行く直前、そこで買いました」

「じゃあ、明日はそこから始めますか」

僕が言うとアンジェラは微笑んで言った。

「はい！」


瑠璃色の髪の少女――デイジーと別れた後、『墓荒らし』について調べていたロングコート姿のおっさんはいくつかの店を回ったが思うような収穫はなかった。そもそも『墓荒らし』自体が魔術師や守護者のような「忘れられた存在」だった。そうそう簡単に見つかるはずもない。

「運が悪すぎるよなあ」おっさんは酒場でワインを飲みながらテーブルに突っ伏した。

そのとき、彼の向かいに黒い影が座った。ローブで身を隠した男だった。顔はよく見えない。

王都には魔法学校があり、研究所がある。そこに通う生徒や職員はこぞってローブを着ている。

だから、おかしいわけではないが、それにしたってフードまで目深にかぶっているのは珍しい。

おっさんは顔を上げて尋ねた。

「なんだ？」

顔を隠したローブの男は言った。

「アレを、受け取りに来たよ。ティンバーグの、アレ」

おっさんは「ついに来たか」と思った。彼は誤魔化《ごまか》すためにワインを飲み一息ついた。

ヤバい、本当にヤバい。

おっさんはローブの男から目をそらして言った。

「いやあ、今、手元になくてね」

「なに？」ローブの男は声を低くして言った。

「すぐに取り戻すつもりだ。何、簡単なことだ」おっさんは声が震えるのを隠して言った。ローブの男は目深にかぶったフードの向こうからじっとこちらを見据えていたが、しばらくすると立ち上がって言った。

「すぐに取り戻して。期限は二週間」

「いや、もう少し待ってくれ」おっさんは慌てたが、ローブの男は譲歩しなかった。

「二週間」彼は言って酒場を出ていった。

「くっそお」おっさんはまたテーブルに突っ伏した。

そのとき、ポケットからオルゴールの音がした。彼はロングコートを手で叩《たた》いてその音源を探し、取り出した。それは手のひらに収まる小さな機械だった。

「デイジーか」

おっさんはつぶやくと酒場を出て、人通りの少ない路地裏に入った。彼はそこでスクロールを取り出し、開くと、言った。

「アクティベイト」

瑠璃色の髪の少女が転移してきた。おっさんは彼女を抱きとめると背中を叩いた。

「ただいま！」デイジーは地面に下ろされると、そう言って手を挙げた。

おっさんは微笑んだが、彼女の頭を見て目を見張った。

デイジーの瑠璃色の髪にはリボンがついていた。

「おい、デイジー。そのリボンどこで見つけた？」

「すごいでしょ！　取り戻したんだよ！」デイジーは得意げに言った。

「いや、そうじゃなくて、そのリボンを持っていた奴《やつ》は、〔魔術王の左脚〕を持ってるだろ？　持ってなかったのか？」

デイジーはうなずいた。

「持ってなかった。ぜんぜん知らないみたいだった」

おっさんはうなだれた。

「そうか。でも、手掛かりだな」

「うん！」デイジーは満面の笑みで言った。

「手掛かりが何もないよりはいい。もう一回リボンを持っていた人に会いにいくか」おっさんはため息をついて、デイジーの頭を撫《な》でた。

五章　ハーフエルフとアンヌヴン

僕はアンジェラとともにとある店を訪れていた。そこはさびれた雑貨屋で中古品が所狭しと並んでいた。

「ここで買ったんですか？」僕が尋ねるとアンジェラはうなずいた。

「そうです。けっこう掘り出し物があったりして、好きなんですよ、この店」

アンジェラは店主に尋ねた。

「すみません。以前私がここで買ったリボンってどこから仕入れたんですか？」

店主は恰幅《かっぷく》のいいおっさんで、常連のアンジェラの顔を見るとにっこりと笑った。

「リボンっていうと、あの赤と白の？」

「そう！　それです、それ！」おっさんはでっぷりと突き出た腹を撫《な》でながら小さくうなずいた。

「仕入れてからすぐに買っていただいたので覚えていますよ。あれは、オリビアが持ってきたものですね」

「オリビアっていうのは？」アンジェラが店主に勢いよく近付いて尋ねた。店主は少し体をのけぞらせて言った。

「よく店に商品を卸してくれるハーフエルフの女の子ですよ」

アンジェラは僕を見てにっこりと笑った。彼女はさらに店主に尋ねた。

「その子がどこにいるか知っていますか？」

「え？　ああ、どうでしたかねえ」店主はしばらく考え込んでいたが、ふと思い出したように言った。

「そうだ、あの子は魔法学校に通っていました。王都の中心近くにあるあの魔法学校ですよ」

「じゃあ、そこに行ってみます！」

アンジェラは店から軽快に出ていった。僕が彼女の後を追おうとすると後ろから店主のつぶやく声が聞こえた。

「あれ、もう卒業したんだっけか？」

僕は、本当に大丈夫かなあと不安になった。

「オリビア、ですか？」王都の魔法学校を訪れた僕たちは学校職員の働く部屋に来ていた。門番にここに行くように言われたのだ。

部屋はギルドの受付カウンターに似た長い台で仕切られていて、僕たち客人は、台を挟んで職員と話をする形になっていた。

僕たちの対応をしている職員は長い髭《ひげ》を生やした男性で、痩せていた。彼はカウンターの上に置いた生徒の記録を見る手を止め、顔を上げると困った顔をして頭を掻《か》いた。

「いやあ、オリビアという生徒はいっぱいいますからねえ」

アンジェラは言った。

「ハーフエルフの女の子です。知りませんか？」

髭の男性はさらに考え込んだ。

「ハーフエルフも魔法学校にはいっぱいいますからねえ」

彼はそう言って苦笑いした。すでに生徒の記録が書かれた本を閉じて、完全にあきらめていた。探す気はないらしい。

「なんとか探せませんか？」アンジェラは懇願したが髭の男性は小さく首を振った。

「そこをなんとか！」彼女は男性に詰め寄った。ポニーテールが大きく揺れた。僕はアンジェラの肩に手を置いた。

「どうにもなりませんよ。それに卒業生かもしれませんし」

「そうなるとさらに難しくなりますね」髭の男性は小さくため息をついて、「さあ帰ってくれ」という顔をした。

アンジェラは、ううう、と唸《うな》ってカウンターにかじりつくように額をつけた。

そのとき、後ろから中年の男性が現れた。魔法学校の先生だろうか。どこか偉そうな雰囲気があった。というより偉ぶっているような感じだ。横柄に、肩を振って歩いていた。彼は僕たちの後ろに立つと目を細めた。髭の職員に用事があるようだった。額がかなり後退している中年のその男は僕たちの後ろで、腕を組み、せわしなくつま先で地面を鳴らしている。

「アンジェラさん行きますよ」僕は彼女の腕を取ってカウンターから離した。するとすぐに、僕たちと入れ替わるようにせっかちな男性はカウンターに近付き、早口で髭の男に用事を伝えた。

「そこの偉そうな人、ハーフエルフのオリビアという女の子を知りませんか？」アンジェラはあろうことか、せっかちそうなその男性に話を聞こうとした。

中年の男性は早口でまくしたてるのをやめると、振り返り、ぎろりと僕たちを見た。

「いえ、なんでもないんです。すみません」僕はそう言って、アンジェラを連れて、部屋を出ていこうとした。

「待て」男が低い声で言った。「ハーフエルフのオリビアがどうしたって？」

アンジェラはにっこりと微笑《ほほえ》むと彼に言った。

「その子があるものを盗んだんです。私たちは彼女を捜しています。何か知っていますか？」

額が後退した男はその広い額を真っ赤にして僕たちに近付き、言った。

「知っているかだと？　ああ、知っているとも。私もあの娘に多くのものを盗まれたからな!!」

彼は怒気を含んでそう言った。僕は顔をしかめた。アンジェラは気にせず尋ねた。

「そ……そうでしたか。あの、彼女が今どこにいるか知っていますか？」

中年の男性は鼻息荒く、肩を大きく動かしていて、今にも僕たちに飛び掛かってくるのではないかと思った。気の立った牛みたいだった。

彼は大きく息を吐くと言った。

「いや、知らない。知らないが、見つけたら必ず捕まえてブラッドスパイダーの餌にすると決めている」

相当恨んでいるようだ。そんなに大事なものを盗まれたのか。

「それはいいんですけど、彼女について詳しく教えてくれませんか？」

それはいいんですけどって！　僕は呆然としてアンジェラを見た。

中年の男性は気にした様子もなく言った。

「来てくれ。私の研究室で話そう」僕はアンジェラを見た。彼女は満面の笑みを浮かべていた。

僕は自分の額に手を当てて目をつぶった。


研究室はスクロールで埋め尽くされていた。壁に備え付けられた棚だけでなく、机の上もスクロールだらけだった。

廊下に出された表札には「デリク・ルーヴァン教授」と書かれていた。

デリクは部屋の隅にあった小さな椅子を持ってくるとそこに座った。

「悪いが椅子は一つしかないんだ。そこに立っていてくれ」

客人を立たせる教授だった。すぐ出ていくつもりだからいいのだけど。

アンジェラは唇を尖《とが》らせて小さく「座りたい」とつぶやいた。

「お前たちは何を盗まれたんだ？」デリクは脚を組んで言った。

「〔まじゅ……」

「言えませんが、重要な品です」僕はアンジェラより先に言った。アンジェラは口をつぐんだ。デリクは小さく、そしてゆっくりとうなずいた。

「そうか。そうだろうな。《マジックボックス》に入れるものは大抵、大事なものだ」

「《マジックボックス》？」僕とアンジェラは声をそろえて尋ねた。

「なんだ？　その反応は？　《マジックボックス》から盗まれたんだろ？」

僕はアンジェラと顔を見合わせてから言った。

「盗まれたのは僕たち自身のものではないんです。ただ僕たちにとってもそれは重要なもので……」僕は言葉を濁した。嘘《うそ》はついていない。

「そうか、災難だったな」デリクは全く同情の色を見せずにそう言った。

「あの、《マジックボックス》からものを盗むなんて、そんなことできるんですか？」アンジェラは尋ねた。

「《マジックボックス》にはパスワードが必要だろ？　他人のパスワードがわかれば誰でも開くことができる。他人から鍵を奪い取ればそいつの宝箱を開けられるように」

僕は最近ソムニウムで起きた事件を思い出していた。あのとき、テリーは《マジックボックス》からエレノアのドレスを取り出した。それはある意味盗みに近かった。

それに僕もかつて、アレックのパスワードつき《マジックボックス》からいろいろと拝借したことがある。

アンジェラは「ああ」とつぶやいて、それから眉根を寄せた。

「でも、オリビアはどうやってパスワードを調べたんでしょうか？　まさか高価な《マジックボックス》のスクロールを何枚も消費するわけにはいきませんし」

デリクはにやにやと笑った。まるで生徒に難題を出して愉悦に浸っているかのようだった。彼が嫌な研究者だということはこの短時間でよくわかった。

彼はしばらくアンジェラが悩む様子を楽しんでいたが、時計を見て遊んでいられないと気づいたのだろうか、足を組み直して言った。

「あの女は『魔術論理可視化』という特殊なスキルを持っているんだよ」

「魔術論理？」アンジェラは首を傾《かし》げた。

デリクは立ち上がると机の上から小さく平たいブロックをいくつか持ってきた。

彼はそのブロックを地面に立てて並べた。ブロックは初めは一列だったが、途中から三列に分岐し、また一列に戻っている。

デリクは始まりに置いてあるブロックに指をのせた。

「論理とはこのブロックのようなものだ。初めの一つを倒すと、遠くで別のものが倒れる」彼はブロックを倒した。平らなブロックは連鎖的に倒れていく。一列だったブロックは三列に分かれてもまだ倒れ続ける。三列のブロックは徐々に距離を狭めて一列に戻る。初めの位置より離れた場所で、最後のブロックが倒れた。

「魔法が発動するとこれと似たようなことが起きる。ある起点からいくつもの枝分かれをして、一つの答えを導く。それが炎、氷、雷などの現象として現れる」

アンジェラは「はあ」とつぶやいた。たぶんほとんどわかっていない。僕もわかっていない。

「オリビアにはこの道筋が見えている。どこでどう分岐して、どんな結果が現れるかが、実行する前に見えている。あの女はこの技術を利用して《マジックボックス》同士をつなげる方法についての論文を書いた。二つの別々のパスワードからなる《マジックボックス》を用意して、一方からもう一方に物を移動する。一度も外に出さずにな。何に使えるかは知らん。だが研究とはそういうものだ。話はそれたがこれで説明は以上だ」

デリクは説明を完了し胸を張った。たぶん本人は、最大限わかりやすい説明をしたつもりだろうが、僕たちは全くわかっていない。

デリクはしばらくにやにやと誇らしげに笑っていた。

「つまりどういうことですか？」アンジェラは尋ねた。その瞬間、デリクはひどくショックを受けた顔をした。

「ま……まさかお前、……わかってないのか？」

アンジェラはうなずいた。僕もおずおずとうなずいた。デリクはぎょっとして僕を見た。

「お前もか！」彼は、ああ、とうなだれて、しばらくしてから言った。

「要するにだ、オリビアはスクロールを見ただけで、《マジックボックス》が発動する前から、中身が入っているかどうかがわかるんだ！　どうだ！　この説明でわかったか！」

アンジェラは言った。

「最初からそう言えばいいのに」

デリクは立ち上がってブロックを蹴飛ばした。

「お前らがわかりやすいようにかみ砕いて説明したんだろうが!!」彼は頭を掻きむしった。額がさらに後退するんじゃないかと心配になった。

「とにかくだ、オリビアはパスワードの部分だけ別の紙に書いて、《マジックボックス》のスクロール上に乗せ、中身が入っているかどうかを確かめている。中身が入っているものだけを発動させて、人のものを盗んでいる。私は高価なスクロールをいくつも盗まれた！」

「それは災難でしたね」アンジェラは全く同情の色を見せずにそう言った。

「思ってないだろ!!」デリクは怒鳴った。理不尽だ。

「盗まれたことを知っているならどうして取り戻さなかったんですか？」僕は怒りに震えるデリクの気をそらそうと尋ねた。

「私はオリビアを問い詰めた。彼女は罪を認めた。しかし、そのときにはもうスクロールは売られていた！　私は彼女に復讐《ふくしゅう》しようとしたが学長に止められた！　あの女は退学だけで罪を免れた!!　許すわけにはいかない!!」額に血管が浮き出ていた。目は血走り呼吸は乱れ、足元がおぼつかない。倒れるんじゃないかと心配になった。

「ま、まあ座ってください」僕はデリクに提案した。

彼はフーフーと深呼吸をして、ドスンと椅子に座り込んでうつむいた。一つしかない椅子に座るのが彼で正解だったと思った。

「退学後、彼女はどこに行ったんですか？」僕が尋ねるとデリクは顔を上げた。

「おそらくアンヌヴンだろう。盗品を売れる場所といったらあそこしかない。あの無法地帯なら何でもできる。私は行く勇気がないが」

僕はアンジェラに尋ねた。

「アンヌヴンってどこか知ってます？」

「知ってますよ。行き方もわかります。情報ありがとうございました！」アンジェラは頭を下げてそそくさと部屋を出ていった。

僕も一礼すると彼女の後を追った。出ていくまでデリクはぐったりとしていた。怒りすぎたんだろう。


僕はアンジェラとともに薄暗い道を進む。そこは王都の北に位置する地区で、またもや衛生的ではない場所だった。僕は布で口元を覆いながらアンジェラの後を歩く。

「本当にこの先なんですか？」

「そうですよ」アンジェラは明るく言う。

露店で売られているものは、表通りの店と大して変わらないが、値段が安すぎる。おそらく状態が悪いのだろう。食品の上を虫がぶんぶん飛んでいる。売っている人たちもあまり人相が良くない。視線がどこか虚空をさまよっている。ひどく痩せているか異常に太っているかのどちらかで、血液なのか体液なのかわからないシミが服についている。

僕はあまり彼らを見ないようにして、アンジェラの後ろに隠れるようにして歩いていく。

道端に座り込んでいる男が突然怒鳴りだす。真っ黒な歯茎には歯が数本しか生えていない。残りの歯も小さく、欠けている。僕は驚いてアンジェラの服を引っ張った。

「襲ってこないですよ。……あまり」

「あまりって何ですか！」僕はますます萎縮して猫背になって歩いた。

アンジェラはとある店の前で立ち止まった。外観は他の店とあまり変わらない。

そこは武器屋だった。ひさしに使っている布はやぶれているのか虫に食われたのか、そこかしこに穴が開いており、売っている商品はさび付いていた。

店番の男は髪を剃《そ》り上《あ》げて坊主にしていた。右の頰《ほお》には五芒星《ごぼうせい》のタトゥーが入っていた。

彼はちらりとこちらを見たが、すぐにうつむいてしまった。

「使わせてもらいますね」アンジェラは男の前に銀貨二枚を置いた。男が小さくうなずいた。

「こっちです」僕はアンジェラに続いて店の奥へと入っていった。

すぐに壁があるのではと思ったら店はかなり奥まで続いていた。階段を下る。徐々に光が届かなくなる。階段を下りきると小さな扉があった。僕でも屈《かが》まないと入れないような大きさだ。

アンジェラは扉をコツコツと叩《たた》いた。扉には小さな引き戸の窓がついていて、勢いよくがらりと開いた。

「ああ、アンジェラか。そっちのはなんだ？　ボーイフレンドか？」しわがれた女性の声がした。

「いいえ。ちょっと探し物をしにきました」

「面倒起こすんじゃないよ」女性は言って窓を閉じると鍵を開け、扉を開いた。

腰の曲がった老婆だった。手の甲には、坊主の店番と同じく五芒星のタトゥーが入っていた。彼女は扉を開くと杖《つえ》で早く入るように催促した。僕たちは扉をくぐった。

アンジェラは老婆から魔石を受け取った。老婆は扉の鍵を締めてすぐそばにある椅子に座った。

老婆を見ていた僕は振り返ると、そこにあるものを見て立ち止まった。

「なんですか、これ？」

それは大きな箱だった。箱には丈夫そうなロープがつないであり、天井にある滑車を通って地面に下ろされていた。僕はその装置を見たことがなかった。

アンジェラは言った。

「エレベーターです。見るのは初めてですか？」

「え、ええ。あの、何に使うものですか？」

アンジェラは微笑んで、エレベーターの扉を開けた。

「乗り物ですよ」

彼女がエレベーターに乗り込むと、箱がぐらりと揺れた、気がした。僕はロープを見上げた。さっき頑丈そうだと思ったが、撤回することにした。こんなロープで大丈夫なんだろうか。

「早く乗ってくださいよお」アンジェラは箱の中にあった機械に魔石を入れた。ランプが点灯する。

僕は恐る恐る箱に乗り込んだ。グラグラと揺れる、気がする。

「扉閉めてくださいね。鍵もかけてください」僕は震える手で、扉を引いて閉めた。

「じゃあ、行きますね」

「ちょっと気持ちの準備を……」

アンジェラはスイッチを入れた。一瞬かすかな浮遊感があった。箱が落下している。

僕は扉に張り付いた。

「王都では《テレポート》が使えないのでこういう移動手段が発達しているんですよ」アンジェラがニコニコしながら語る。

「そ……そうなんですねえ」僕は足を踏ん張る。箱の壁は一部が柵だけになっていて外が見える。突然大きな錘《おもり》みたいなものが上昇していって驚いた僕は扉に頭をぶつけた。

アンジェラが愉快そうに笑った。

そのとき、壁ばかり続いていた景色が一瞬で変わった。閉じられた幕が突然開いたかのようだった。柵の向こうには信じられない光景が広がっていた。

そこは大きな街だった。天井は大きな梁《はり》でドーム型に支えられていた。いくつものライトがあたりを照らしていて、まるで太陽が出ているかのように明るかった。

アンジェラが言った。

「ここがアンヌヴンです。地下なのに大きな街ですよね」アンジェラはワクワクした様子でそう言った。

エレベーターはゆっくりと止まった。内臓が浮くような感覚があって僕は吐くかと思った。

「じゃあ行きましょうか」アンジェラは平気そうで、扉の鍵を開けるとすたすたと歩いていく。

僕は深呼吸をしてから彼女についていった。

アンヌヴンはもう一つの王都だった。が地上とは雰囲気がまるで違った。

人々が密集し、がやがやとにぎわっている。ちかちかと瞬く色とりどりのライトが目に痛い。歩いていると機械類が目についた。テリーが喜びそうな場所だ。大きな金属の塊が低い音を立てて動く。魔石で動いているのだろうが、どういう原理なのか全く想像がつかない。

働いている人々も様々でそれは地上と変わらない。がその中に目を引く存在がちらほらいた。体がすべて金属でできた、人型の機械。

「あれ、なんですか？」僕はアンジェラに尋ねた。アンジェラは僕の指さす方を見ると、ああ、とつぶやいて言った。

「あれはオートマタですよ。魔石が動力源で生き物みたいなので、魔物だという人もいますね。もともとは兵器で、人を倒すために作られたようですよ？」

僕は顔をしかめた。

「じゃあ危ないじゃないですか」

アンジェラは笑った。

「人を攻撃しないように設定されているので大丈夫ですよ。少なくとも王都ではそうです。アンヌヴンでは常に人手不足なのでよく使われていますし、暴れているのを見たことはないですよ。地上でも使っている人がときどきいますね。ああそうだ、守護者の手伝いをすることもありますよ。守護者も慢性的に人手不足なので」

アンジェラは露店の一つに入った。

「二本ください」

串に刺した肉を焼いたものを二本受け取ると、店員の女性に銅貨を渡す。

「まいど」女性は言ってアンジェラに笑顔を向けた。

アンジェラは一本に噛《かぶ》り付《つ》きながらもう一本を僕に差し出した。

「どうぞ。おいしいですよ」

「あ、ありがとうございます」僕は受け取って、じっとその肉を見た。

確かにいい匂いがした。何の肉かはわからなかった。

意を決して噛り付く。

口の中で肉がほどけて、うまみがじわっとあふれる。ピリッとした味付けがされていて、噛《か》むほどあふれる甘い肉汁にいいアクセントがついている。おそらく上品な味付けではない。どちらかというと酒場で出される味付けに近い。ただ、口の中に残る余韻は、くどくなくさっぱりしていて、いくらでも食べられそうな気さえする。

「あ」

僕はいつの間にか串に刺さっていた肉を全部食べてしまっていた。

「おいしかったですか?」アンジェラは笑みを浮かべてそう言った。

「ええ、とても」

「何の肉かわかりましたか?」

僕は首を振った。全くわからなかった。

「ホーンド・ヘアですよ」

「あの角の生えたウサギですか!?」

僕は驚いた。あのウサギは肉が硬くて食べられたものじゃなかったはずだ。

アンジェラは持っていた串を振った。

「ちなみにこれも食べられますよ」彼女はパキパキと串を噛んで飲み込んだ。

食べてみると何かを揚げたもののようだった。

「さて、行きますか」アンジェラは口を拭うとそう言って歩き出した。


アンジェラが立ち止まったのは『ティモシー・ハウエルの車輪』という店で、どうやら改造馬車を作っている場所のようだった。おそらく僕が乗せられた馬車はここで作られたものだろう。似たような馬車が並んでいる。

店主のティモシーは大柄で筋肉質な男だった。体は人間だったが頭は牛だった。僕は彼を見上げて面食らった。

「こんにちは」アンジェラは彼を見上げて言った。

「ああ、アンジェラか。調子はどうだ?」ティモシーは響く低い声で言った。

「病気もなく元気ですよ」

「ちげーよ。俺の車の調子はどうかって聞いたんだよ」

「ああ……元気ですよ」アンジェラは頬を人差し指で掻きながら言った。

「そいつはよかった」ティモシーはそう言うと満足したのか、馬車の改造を再開した。

「てんちょー、ぱーつ」店の奥からオートマタが現れた。肩やひじやひざには丸いパーツが使われていて、背中に巨大な箱を背負っていた。顔はお面のように目と口の場所に穴が空いているだけ。人より機械と呼んだ方が近い姿のオートマタだ。

「こんにちはー、アンナちゃん」アンジェラはオートマタに手を振った。オートマタは右手を挙げてぎこちなく振った。

ティモシーはアンナが持ってきたパーツを受け取って言った。

「で、今日は何の用だ？　車は壊れてないんだろ？」

アンジェラは思い出したように言った。

「オリビアって子知りませんか？　ハーフエルフで、魔法学校に通っていた子です」

ティモシーはしばらくガチャガチャと機械をいじっていたが、顔を上げると言った。

「ああ、知ってるさ。『トッド・リックマンの盗品店』で働いてるガキのことだろ」

「その店どこにありますか!?」アンジェラは興奮して言った。

「八―三区画だ」

「ありがとうございます!!」アンジェラは頭を下げて言った。


スティーヴンとアンジェラがアンヌヴンに向かう途中、スラム街を歩いているとき、後ろから近付く影があった。

デイジーとおっさんだった。おっさんはデイジーに尋ねた。

「あの二人で間違いないか？」

「うん」デイジーはうなずいた。頭のリボンが揺れた。

おっさんは《墓荒らし》について調べていた。彼はオリビアについて知り、ちょうど、アンヌヴンに向かおうとしていたところだった。

おっさんはデイジーに言った。

「地上で待ってろ。俺一人で行く」

「ええ、なんでえ？」デイジーは唇を尖らせた。

「こそこそするのにアンヌヴンは二人じゃダメだ」おっさんはそう言うと首をすくめて、顔を隠すように高く襟を立てた。

「わかったあ」デイジーはふてくされたような顔をして、おっさんから離れて、表通りの方に歩いていった。

おっさんはスティーヴンたちを追ってアンヌヴンに潜った。

六章　マーガレットとデイジー

スティーヴンと守護者たちが王都にやってきて、デイジーとの戦闘を繰り広げたその日の夜、マーガレットたち四人はテリーが持つ機械の示す方角に進み続け、王都に近い街にまでやってきていた。

すでに夜も深く、取った宿も街もとても静かだ。テリーが持つ機械が指し示す場所はもう目と鼻の先で、明日たどり着くであろうことはわかっていた。

「明日に備えて今日はしっかり休むにゃ」リンダはそう言って食事の後すぐに部屋に戻ってしまった。

マーガレットもすぐに部屋に入り、ベッドに横たわったが、全く眠ることができなかった。彼女の心を占めていたのは不安や焦りではなくむしろ恐怖だった。それがなぜなのかマーガレットは気づいていなかった。

それは魔物や魔族との戦闘では感じたことのない、陰湿な恐怖で、マーガレットは度々ベッドから立ち上がっては部屋の中をウロウロと歩き回った。

ふと、彼女は思い立って、蛍光石のランプの蓋を開いた。部屋が明るく照らされる。マーガレットは荷物を開き、一つの羊皮紙を取り出した。羊皮紙にはマップが描かれていて、作成者の欄には「スティーヴン」と書かれている。何度も手に取っているためか、羊皮紙は毛羽立っていて汚れが目立つ。マーガレットは椅子に座ると、机の上に大事そうにマップを広げた。彼女はその隣で、腕を枕にして机に伏し「スティーヴン」の文字列に触れる。

「大丈夫」

彼女はそうつぶやいた。

そのままマーガレットは眠りについた。呼吸で動く彼女の背中が影になって壁に映っていた。

マーガレットは目を開く。彼女はダンジョンの中にいる。どのダンジョンなのか、どうやってここまで来たのか、彼女は知らない。マーガレットは走っている。体は重くいつものように速く力強く走ることができない。

すぐに疲れてしまって、マーガレットは膝に手をついた。その手がとても小さいことに気づく。ダンジョンの天井が、いつもよりも随分高く感じる。逆に地面がとても近い。

彼女は幼い頃、まだ祖父や母とともに過ごしていた頃の姿になっている。

これは夢。

しかし、彼女は気づかない。

マーガレットはただ、ダンジョンの中で迷ってしまったのだと思った。

「マップ……」

いつものように、彼女は腰に手を回した。そこにはマップ入れがあるはずだった。

「……ない、……ない、ない！」

マーガレットは取り乱した。マップどころか荷物も、剣すらもない。鎧《よろい》も着ていない。まるで街でも歩くかのような、呑気《のんき》な格好に彼女は驚いた。

こんな姿でダンジョンに潜るなんてありえない。

「どうして……」

そのとき、背後で物音がした。マーガレットは、はっとして、逃げ出した。戦うことはできない。弱い体をなんとか引きずって彼女は走る。

どこに行けばいいのか、どの道を進めばいいのかわからない。

ただ闇雲に彼女は走る。

いつの間にか追いかけてくる音が消えている。マーガレットは地面に座り込んで、大きく息をする。

マップがないとここから出られない。

「私は……」

――私は……何もできない…………。

マーガレットのつぶやきが虚空に消える。


「マーガレット？」母の声がする。

はっと彼女は顔を上げる。そこはもうダンジョンではない。いつの間にか彼女は幼い頃に母や祖父と住んでいた場所にいる。そこは庭で、よく訓練をしていた場所だった。

陽《ひ》が高い。マーガレットは光に目を細める。

そこには母と祖父がいた。二人はマーガレットを見下ろしている。

影ができる。

母がマーガレットの肩をつかんだ。

「いい？　マーガレット。あなたは＊＊＊＊＊なのだからしっかり訓練なさい」

母と祖父は満足げに笑っていた。


マーガレットは目を覚ます。勢いよく立ち上がったせいで椅子ががたんと倒れる。

ここは現実。すでに朝になっていて、窓から光が差し込んでいる。

マーガレットは震える指で、机に広げたままのマップに触れた。

母の言葉が蘇《よみがえ》る。

――いい？　マーガレット。

彼女は頭を抱える。

――あなたは＊＊＊＊＊なのだから。

「嘘《うそ》だ」彼女はつぶやいた。

確かめなければならない。何よりもまず、自分について知らなければならない。赤髪の男、ブラムウェルの言葉を思い出す。

――王都に行ってエレインという女を探せ。王立図書館で働いているはずだ。

「スティーヴンを探すより先に、王立図書館に……」

ずっと彼女の中にあった「どうして、アムレンは自分の家族を殺したのか」という問いはいつしか、「私は何者なのか」という問いに変わっていた。

とにかく、このままではスティーヴンに合わせる顔がないと思った。


「でっかいにゃ」リンダは壁を見上げて言った。

「まさかとは思っていたけど本当に王都に連れてこられたのね。懐かしいわ」ドロシーはリンダと同じく壁を見上げてつぶやいた。

「来たことがあるのかにゃ？」リンダはドロシーに尋ねた。

「来たことがあるもなにも、私はここの魔法学校を卒業しているもの」リンダは目を剥《む》いた。

「超優秀だにゃ」

ドロシーは得意げに笑った。

「ここが、王都」マーガレットはつぶやいた。

テリーが馬車を止める小屋を指さした。彼の持つ機械のダイヤルの数値はかなり小さくなっていた。

リンダたちは馬車小屋に併設されている馬小屋に馬を預け、管理人に言って、馬車小屋に入っていった。

テリーは機械を高く持ち上げて、それからあたりを見回した。

「＃＃＃＃＃」

彼は一台の馬車のもとへ走っていった。

マーガレットはその馬車を見て呆然とした。

「なんだこれは」

その馬車はテリーの言う通り、改造されたものだった。見たことのない機械が組み込まれていてどう動くのか全くわからない。

テリーが荷台に乗り込むと、管理人の男が怒鳴った。

「こら！　触っていいとは言っていないぞ！」

テリーは管理人の言葉を無視して荷台を探り、発信機を手に持って出てきた。

「スティーヴンは!?」

リンダが尋ねたが、テリーは首を横に振った。

「ここまでか……」マーガレットはうつむいた。

リンダは管理人に尋ねた。

「この変な馬車の持ち主を知らないかにゃ？　あたしの大切な人が誘拐されたのにゃ！」

管理人は怒っていたがそれを聞くと、事情があると察したのだろう、思い出そうと頭をひねっていた。

「ああ、ポニーテールの女と白い服の男だったな。それに確かもう一人連れていたような気がする」

「そのもう一人がスティーヴンにゃ！　その二人について何か知らないかにゃ？」リンダは管理人に尋ねた。

「いやあ、毎日たくさんの客が来るからなあ。一人ひとり情報を持っているわけじゃない。ただ、その馬車を作ったところなら知ってるよ。俺、そういう馬車大好きだからさ」

「どこにゃ!?」

「アンヌヴンっていう王都の地下にある街さ。その馬車はアンヌヴンの馬車工場で作られたものだ。前に一度見たことがあって、客に尋ねたことがあるんだ。間違いないよ。店の名前は『ティモンー・ハウエルの車輪』だったかな？」

リンダはマーガレットたちを見て笑みを浮かべると、さらに管理人に尋ねた。

「アンヌヴンってところにはどうやって行くにゃ？」

管理人は頭を掻《か》いた。

「それが、俺も知らないんだ。アンヌヴンへの行き方は一部の人間しか知らないんだよ。それに無法地帯で危ないから行くのはおすすめしない」

「そうかにゃ……。情報ありがとにゃ。馬をよろしく頼むにゃ」

そう言ったリンダに続いてマーガレットたちは馬車小屋から出た。


王都の門に向かいながらリンダはドロシーに尋ねた。

「アンヌヴンってどこにあるか知ってるかにゃ？」

ドロシーは首を振った。

「いえ、知らないわ。名前は聞いたことがあるけれど……」

「んー……。どうしたらいいにゃ……」リンダはうんうんと唸《うな》っていた。

彼女たちは門へと続く列に並んだ。一日にどのくらいの人が出入りするのかリンダには見当もつかなかった。いくらかのお金を払ってリンダたちは門をくぐった。

リンダは人の多さに圧倒された。人数もさることながらその人種の多さにも驚いた。話している言葉もまちまちで、何を言っているのか全くわからない。

「すごいにゃ。人がいっぱいにゃ」リンダはつぶやいた。ドロシーが笑った。

「ここはまだ人が少ない方よ」

リンダはそれを聞いてさらにぎょっとした。

「これからどうするの？」ドロシーに尋ねられたリンダは少し思案してから言った。

「ま……まずはギルドに向かうにゃ。宿を紹介してもらって、荷物を置いてから考えるにゃ」

「何も案がないのね？」ドロシーが呆《あき》れたように言った。リンダは唇を突き出して唸った。


ギルドは冒険者に宿を紹介している。それは冒険者という職業柄、根無し草である彼らにとって宿は必須だからである。ランクに応じて、宿泊費の優遇などを受けられるようになっている。

ランクとはすなわちギルドへの貢献度で、それは人々ないし領への貢献度と直結している。領主は年ごとにギルドへいくらか予算を割くことでその貢献への対価としている。名目上は。

よいギルドであれば、領主から割り振られた予算を冒険者に還元する。宿であったり、食事であったりその形は様々。悪いギルドであれば、まあ、言うまでもない。

「王都のギルドだからきっといろいろ優遇してくれるはずにゃ。あたしAランクだしにゃ」

リンダはそう言って笑った。

彼女たちは人に道を聞きながらギルドに向かっていた。

リンダはマーガレットがいつになくそわそわしているのが気になった。

「マーガレット、どうかしたかにゃ？」リンダは彼女に尋ねた。

マーガレットは「ぐっ」と言葉を詰まらせて、しばらく下唇を噛《か》んでいたが、決心したように言った。

「私はここから別行動をとる」

「はあ!?」リンダは口をあんぐり開けた。「どういう意味にゃ！」

「スティーヴンが心配なのは私も同じだ。ただ……何というか……ああ……このままでは私はスティーヴンに会うことができない！」マーガレットは苦し気にそう言った。

リンダはしばらく彼女を見ていたが、小さくため息をついてから言った。

「勝手に行けばいいにゃ。お前は一人で行動していた方が性に合ってるにゃ」

マーガレットは「うっ」と言ってうつむいた。

「何もそこまで言うことないじゃない」ドロシーが言ったが、リンダは半ば呆れたように小さく首を横に振って続けた。

「マーガレット。お前はまわりのことなんて全然見えてないのにゃ。スティーヴンが連れ去られたときだって、テリーを連れていけばあの場で助けられたかもしれないのにゃ。それを、あたしの話も聞かず一人で突っ走って、結局捕まえられなかったのにゃ」

マーガレットはショックを受けたようにはっとした後、言った。

「それは……すまなかった」

「テリー、あの機械、貸してくれにゃ。スティーヴンを追うために使ったやつにゃ。発信機の方にや」リンダはテリーから発信機を受け取ると、そのままマーガレットに手渡した。

「持ってろにゃ。機械の方はテリーしか見方がわからにゃいから、こっちからお前を探すにゃ」

「わかった」マーガレットは発信機を受け取るとカバンに入れた。

「＃＃＃＃＃＃」テリーがリンダに言った。

「ゴブリンの魔石くらいの大きさでいいから魔石を発信機に入れておけって言ってるにゃ」

　マーガレットは無言でうなずいた。

「三日経《た》っても探しに来なかったら、先にソムニウムに戻っていいにゃ」リンダはそう言うとマーガレットに背を向けて歩き出した。

　テリーとドロシーは躊躇《ちゅうちょ》して、マーガレットをちらちらと見ていたが、しばらくしてリンダを追った。

　リンダは歩きながらマーガレットを振り返った。

　そのときにはすでに、彼女の姿はなかった。


　リンダたちは王都のギルドにやってきた。

「受付がなっがいにゃ」リンダは感嘆の声を上げた。

　確かに受付台は長かった。一度に十数人は対応できるだろう。入口から受付までが遠い。ソムニウムにある教会の礼拝堂一つ分くらいの距離があった。クエストが貼り出された掲示板はランクごとに一枚ずつあり、貼られている数が尋常ではなかった。Sランク向けのクエストも何枚か貼られている。

ギルドの中なのに屋外みたいに店がいくつかできていて、冒険者たちが必要なものを買っているようだった。

リンダたちはしばらく並んで受付で宿を紹介してもらった後、ギルド内の店を見て回った。ソムニウムから持ってきたものはほとんど使ってしまったし、残りはマーガレットの《マジックボックス》に入ったままになっていた。いずれ合流するにせよ、行動する前に必要なものを買い足さなければならなかった。

冒険者ギルドの中とあって、ダンジョンに潜るために必要なものや、クエストを行うのに便利なものがずらりと並んでいた。

「スクロールが欲しいわね」ドロシーが言った。王都にたどり着くまでの道中、何度か魔物に襲われて、戦闘しなくてはならなかった。スクロールはそのとき消費してしまっていた。

「スクロールは……あっちにゃ」リンダは受付近くを指さした。どうやらスクロールは店ではなくギルドが直接販売しているらしい。リンダたちは受付の端にある販売所に向かった。

販売所には先客がいた。小さなハーフエルフの女性だった。彼女は広いつばの付いたとんがり帽子をかぶっていて、生地の薄い服を着ていた。リンダは驚いて言った。

「あんなに体が見える服、あたし着られないにゃ」

ハーフエルフは背伸びをして、ギルドの販売員に向かってスクロールを突き出していた。

「先月と買取金額が違うんだけど!?」彼女は怒鳴った。

「そのスクロールはギルドにまだ在庫がたくさんあるんですよ……」販売員の女性は苦笑いをした。

どうやら、ここではスクロールの買取もしているらしい。ハーフエルフの女性は小さく鼻息を漏らすとスクロールをしまって、「じゃあいい」、そう言って振り返り、ドロシーを見上げた。

「あれ!? ドロシー先輩？」

リンダが首を傾《かし》げてドロシーを見た。

「ドロシー、この子知ってるのかにゃ？」リンダの言葉にハーフエルフの女性は怒った。

「私は大人！ この子って言うな！」彼女はとんがり帽子をぐっと上げてリンダたちに顔を見せた。

そのときドロシーが思い出したようで、はっとして言った。

「オリビア!?」

「そうです！ お久しぶりです、先輩！」オリビアはにっこりと笑った。

ドロシーはリンダたちにオリビアを紹介した。彼女は魔法学校でドロシーの後輩だった子で、《マジックボックス》に固執していたために無駄に術式の成績が良く、よく図書室で話をしていた仲だった。

「で、オリビア、退学になった後どこに行ってたの？」ドロシーは目を細めて尋ねた。

オリビアは「あはは」と苦笑いして、とんがり帽子のつばに触れた。

「あんまり大声では言えないんですけど、実はあれからアンヌヴンで働いてまして」

ドロシーは目を見開いて、ばっとリンダを見た。リンダはオリビアに言った。

「アンヌヴンに行く方法わかるのかにゃ!?」

リンダとドロシーがあまりにも必死なので、オリビアはビビっていた。

「え、ええ、もちろんわかりますけど、……あんなとこに何の用ですか？」

ドロシーは言った。

「捜してる人がいるのよ」


リンダたちはオリビアについていくことにした。

「何か他に用事があったんじゃないの？」ドロシーはオリビアに尋ねたが、彼女は首を振った。

「いえ、もともとスクロールを売ったら地下に戻るつもりでしたから」

オリビアはそれから、自分の仕事についてドロシーに話した。

「盗人《ぬすっと》だにゃ」リンダはつぶやいた。

「違いますよ！　持ち主が死んで埋もれてしまった《マジックボックス》の中身を見つけ出してるだけです。〘トレジャーハンター〙ですよ、〘トレジャーハンター〙」

「でもそれが原因で退学になったんでしょ？」ドロシーはオリビアをにらんだ。

「まあ、そうですけど」オリビアは苦笑した。「でもいいじゃないですか。デリク・ルーヴァン教授から盗んだんですよ。あの厭味《いやみ》ったらしい男ですよ」

「うーん」ドロシーは少しだけ笑って唸った。「でも盗んじゃダメじゃない？」

「ええ？　先輩なら理解してくれると思ったのになあ」オリビアは唇を尖《とが》らせた。

オリビアは裏通りには入らなかった。彼女が訪れたのは、ただのパン屋だった。パン屋の店主は細身の男性でオリビアを見るとにっこりと笑った。

「やあ、今日は客を連れてきたのかい」男は腕まくりをした。右腕には五芒星《ごぼうせい》のタトゥーが入っていた。

「うん。昔の知り合いとその知り合い」オリビアは振り返ると、リンダたちに言った。

「そのパンおいしいんで、一人一つずつ買ってください。銀貨一枚と銅貨二枚です」

「＃＃＃＃」テリーが鼻にしわを寄せた。リンダたちは言われた代金を払った。テリーは鼻にしわを寄せたまま払った。

「まいど」各々がパンを受け取ったのを確認すると、オリビアは店員にネックレスを見せた。五芒星のネックレスを見ると男はうなずいて、店の奥を指さした。

オリビアに続いて店の奥へと進んでいく。彼女はテリーを見ると言った。

「その人がなんて言ってるかわかりませんが、何を言いたいのかはわかりました。『パンの値段高すぎる』ですよね」

「もっと汚い言葉だったにゃ」リンダが言った。テリーはまだ鼻にしわを寄せたままだ。

「パンを買うのは建前ですよ。銀貨一枚が通行料です。それにそのパンがおいしいのは本当ですよ」

リンダはパンに噛《かぶ》り付《つ》いた。

「ほんとにゃ。うんまいにゃ」テリーもバクバクと食べている。

オリビアは「ああ」と思い出したように言った。

「急いで食べるのはいいんですけど、吐かないでくださいね？」

テリーは首を傾げた。

エレベーターから出てきたリンダたちは顔色を真っ青にして、地面にしゃがみ込んだ。

「もうこんな乗り物乗りたくないにゃ」リンダはううと唸った。

テリーは元気だった。

エレベーター降下中、柵を乗り越えんばかりに身を乗り出してアンヌヴンの光景を見ていた。オリビアに「頭がなくなりますよ」と言われてしぶしぶ箱の中に戻っていた。

彼は今にも走り出しそうだ。まるでお祭りにはしゃぐ子どもみたいだった。

ドロシーは口を押さえて立ち上がり、一瞬ふらついた。

「ここに手掛かりがあるのね」

「何としても見つけ出すにゃ」リンダも立ち上がって言った。

オリビアは心配そうに二人を見てから尋ねた。

「何か捜す当てはあるんですか？」

リンダは頭に手を当てて、なんとか思い出そうとしていた。

「ああ……何だったかにゃ。『なんとかの車輪』にゃ、ええと」

「ティモシー・ハウエルよ」ドロシーが深呼吸をして言った。

「そうにゃ『ティモシー・ハウエルの車輪』って店にゃ」

オリビアは「ああ」とつぶやいてから言った。

「その店なら七―三区画ですね。こっちです」オリビアが歩き出すとテリーが急《せ》かすようにさらに前を歩いた。

テリーは目をキラキラさせてあたりを見ていた。アンヌヴンにはリンダの見たことがないものが多くあった。金属製のよくわからない装置が大半だった。ソムニウムにもそういう店がないわけではなかったが、ここまで用途がわからないものは初めて見た。

あまりにもテリーがあっちにフラフラこっちにフラフラするので、リンダが彼のバッグをつかんだ。

「スティーヴンが見つかったらいくらでも見ればいいにゃ！」

テリーは不満そうな顔をしていた。


「ここが『ティモシー・ハウエルの車輪』です」オリビアが言うと、店の奥から人影が現れた。リンダはその姿を見て「ひっ」と声を上げた。大きな箱を背負った、機械人形だった。

「こんにちは、アンナ」オリビアがそのオートマタに挨拶をした。

オートマタはぎこちなく手を振った。

テリーはオートマタをまじまじと見ていた。

と、店から牛の頭をした男が出てきた。

「ティモシー、こんにちは」オリビアが彼を見上げて言った。

「ああ、オリビアか。今日も顔が見えないな」ティモシーはそう言って笑った。背が低いオリビアがつばの広いとんがり帽子をかぶっているものだから、背の高い彼からは本当に見えないのだろう。

オリビアはティモシーの足を蹴った。

「うるさい」

そんなキックなどどこ吹く風で、ティモシーは言った。

「そういえばさっきお前を捜していた客がいたな」

「誰？」オリビアは眉間にしわを寄せて言った。おそらくティモシーには見えていないだろうが。

「アンジェラっていうポニーテールの女だ。それともう一人細い男を連れていたな」

それを聞いたドロシーが言った。

「アンジェラ！　教会に来た女もそんな名前でポニーテールだった！」

「その人たち今どこにいるの？」オリビアがティモシーに尋ねた。

「お前の働いてる店だ」

「私の？　なんでだろ……？」オリビアは首を傾げた。

「とにかく急ぐにゃ。ありがとうにゃ」リンダはそう言うとオリビアの背を押した。


マーガレットは王都の中を歩き回っていた。はっきり言えば彼女は道に迷っていた。王立図書館に向かっているはずだったが、今どこにいるのかわからなかった。

「すまない、王立図書館はどこにある？」マーガレットは道行く人に尋ねた。

「ボールス通りをまっすぐだよ」彼はそう言って忙しそうに去っていった。

「待ってくれ」彼女は言ったが、彼は振り返りもしない。

マーガレットにはここが何という通りなのかすら、わかっていなかった。

自分はなんて無力なんだろうと感じる。一人では何もできない。

彼女はため息をついた。リンダの言葉が胸に突き刺さっていた。

――マーガレット。お前はまわりのことなんて全然見えてないのにゃ。

確かにその通りだと思った。自分には絶対的な力がある。それを頼りにする人たちが常にまわりにいた。マーガレットは自分の思うように、自分勝手に動いていた。『グーニー』以前であればそれで問題なかった。

彼女を頼る人は常にいた。

だが、彼女は誰も頼らなかった。

頼らずに済んでいたのは、鳥かごのような小さな世界で、飼われるように生きてきたからだ。

いま、王都の中でどの道から来たのかさえわからないマーガレットはそれをありありと感じ取っていた。

マーガレットは頭を振った。

とにかく王都の中心にある城の方角を目指そうと決めた。そちらに行けば何かわかるかもしれない。

そう思っていたのだが、いつの間にか、彼女は治安の悪い地区に来ていた。そこはどう考えても城から遠い場所で、どうしてこんな場所に来てしまったのか彼女には見当もつかなかった。

もと来た道を戻ろう。

マーガレットが振り返ると、どこかから、歌が聞こえた。少女の声だった。

「デイジー、デイジー、答えてーくれー」

声の方を見ると、瑠璃色の髪をした女の子が治安の悪い地区のさらに奥の方へ入ろうとしていた。

少女は赤と白の大きなリボンを頭につけていて、全身ローブに包まれていた。この地区に住んでいる子どもにしては服がいいものに見えたし、髪はさらさらと流れていて、清潔そうだった。

少女は間違ってこの地区に迷い込んでしまったのだろう。マーガレットはそう思って、リボンの少女に近付いた。

「そっちは危ない」マーガレットは瑠璃色の髪の少女に声をかけた。少女は振り返るとマーガレットを見上げた。かわいらしい少女だった。目が大きく澄んでいた。長い髪が光に反射してわずかに色を変えた。

「どうして？」少女は尋ねた。

「それは……とにかく危険なんだ。さらわれるかもしれないし、怪我《けが》をするかもしれない」

マーガレットはなんとか少女に伝わるように言った。少女は「うーん」と悩んでから言った。

「でもあっちの方楽しそうだよ。キラキラしてるし」

マーガレットは少女が指さす方向を見た。確かにそちらには薄暗い中で輝く光が見えた。しかしそれは怪しい店の看板だったり、装飾だったりした。マーガレットは少女に手を差し伸べた。

「ここよりもっといいところはいっぱいある……たぶん。危険じゃないところまで私が連れていってあげよう」マーガレットは自信なさげに言った。

「じゃあ、お姉ちゃん、私と遊んでくれる？」少女は目をキラキラさせて言った。

どうしてそうなるんだ？

マーガレットは苦笑いしたが、遊ぶと言わないと彼女はキラキラした怪しい店の方に行ってしまいそうだった。

マーガレットは言った。

「わかった。ちょっとの間だけど遊んでやろう」

少女はにっこりと笑って、マーガレットの手を取った。

「私、デイジー、よろしくね。ええと……」

「マーガレットだ」

「よろしく、マーガレットお姉ちゃん。花の名前でおそろいだね」デイジーは微笑《ほほえ》んでそう言った。

「それに、二つはよく似た花だ」マーガレットが言うとデイジーはびっくりして聞いた。

「そうなの？」

「おんなじ花だと思っている人もいるくらいだ」マーガレットはデイジーの手を引いて、歩き出した。


マーガレットはなんとか治安の悪い地区を抜けて表通りに出てきた。

デイジーはルンルンとリボンを揺らしてマーガレットに尋ねた。

「ねえ、何して遊ぶ？」

「え？　あ、そ、そうだな」何も考えていなかった。表通りに連れてきたら別れるつもりだったなんて言えない。マーガレットは尋ねた。

「デイジー、誰かと一緒にいたんじゃないのか？」それを聞くとデイジーは唇を尖らせた。

「一緒にいたけど、置いていかれた。私も一緒に行きたかったのに」デイジーはさらに頬《ほお》を膨らませた。

「そ、そうか」子どもを連れていけないような店に行ったのだろうか、とマーガレットは邪推した。とにかくデイジーは一人で、保護者、もしくはそれに準ずる何者かに置いていかれていて、目を離せば怪しい場所に平気で入っていってしまう危ない子だということだ。

面倒な子を拾ってしまったと後悔したが、ふと、マーガレットは思いついて尋ねた。

「デイジー、ここら辺は詳しいのか？」

「うん！　よく遊んでるから」

「ボールス通りがどこにあるか知ってるか？　王立図書館に行きたいんだ」

デイジーはにっこりと笑って言った。

「知ってる！　連れてってあげる！」デイジーに手を引かれて、マーガレットは歩き出した。

「ここが王立図書館だよ！」デイジーは元気にそう言った。そこは城からかなり離れた場所にあって、城に向かっていても意味がなかったなとマーガレットは思った。

彼女はデイジーを連れて図書館に入った。

受付の男性が笑顔で言った。

「一人銀貨二枚です」マーガレットはとくに値段を気にせず銀貨四枚を支払った。

「ほら行くぞ、デイジー」

マーガレットが言うと、デイジーはパッと笑みを浮かべた。

「私も入っていいの!?」彼女は大声を出した。受付の男性が顔をしかめた。

「館内ではお静かに願います」

マーガレットは小声でデイジーに言った。

「いいよ。ほら、おいで」

「やったあ、初めて中に入るんだあ」デイジーは嬉《うれ》しそうにマーガレットの手を握った。マーガレットは微笑んで図書館の中に入っていった。

建物の中は広かった。インクのにおいがあたりに漂っている。大きな机がいくつもあって、たくさんの人が本を読み、何かを書き写している。

「うわあ、すごい」デイジーは小さく感嘆の声を上げた。

「ああ、すごいな」マーガレットもつぶやいた。これほど背の高い本棚を見たことがなかったし、これだけの量の本を一度に見たこともなかった。

「あっちの方見てきていい？」デイジーはマーガレットの手を離して言った。

「ああ、迷惑にならないように気をつけな」

「うん！」デイジーはきょろきょろとしながら歩いていった。前を見なくて大丈夫だろうか。

マーガレットは自分の用事を思い出して、職員を探した。

「すまない、エレインという職員を探しているのだが」マーガレットは本をカートにのせて運んでいる職員に声をかけた。彼は「エレインさんですか？」と言って奥にあるカウンターを指さした。

「エレインさんならあそこのカウンターで事務作業をしていますよ」

そこには確かに一人の女性がいた。年齢はわからない。眼鏡《めがね》と長い白髪のせいで歳《とし》を取って見えるが、おそらくそこまで年齢はいっていない。

マーガレットは職員に礼を言って、カウンターに近付いた。

「エレイン、で合っているか？」マーガレットは白髪の女性に尋ねた。彼女は羊皮紙に何かを書いていたが、ペンを置き、顔を上げてマーガレットを見た。

「ええ。私がエレインです。何かご用事でも？」エレインは笑顔で尋ねた。

「アムレンという男について知りたいんだ。何か知らないか？」

その名前を聞くと、エレインは眉間にしわを寄せた。

「失礼ですが、あなたは？」エレインは眼鏡の奥から紫色の目を光らせて言った。

「マーガレットという。マーガレット・ワーズワースだ。ブラムウェル・ワーズワースから話を聞いてここに来た」

エレインは小さくため息をついた。彼女は眼鏡を外すと目頭を押さえた。

「そう、マーガレット。わかりました。少し奥で話しましょうか」エレインは他の職員に仕事を引き継いだ後、マーガレットを連れて部屋の奥にある机に向かった。

「どうぞ、座ってください」マーガレットはエレインの向かいに座った。

特段別の部屋に移ったわけではなかったために、ときどき、デイジーの姿が見えた。デイジーは天井近くまである本棚を見上げ、ふらふらと歩いていた。

「アムレンについてでしたね」エレインは言った。眼鏡を外すとかなり若く見えた。もしかしたら自分と同じくらいの歳ではないかとマーガレットは思った。

「ああ。ただ、その前に一つ確認したい。あなたは何者だ？」エレインは少し驚いて、それから呆れたような顔をした。

「ブラムウェルは何も言わなかったんですね。私はブラムウェルの妹です。彼が私を紹介したのは、たぶん、ここに勤めている私が記録に詳しいと知っていたからでしょう」

「妹がいたのか、そうか……」マーガレットは小さくうなずいた。

「少々お待ちを」そう言ってエレインは本棚に備え付けてある梯子《はしご》を上って一冊の本を取り出した。エレインは重そうなその本を抱えて戻ってくると、どさりと机に置いた。埃《ほこり》が舞う。

「この本に書かれていたはずです。ああ、ありました。ここですね」

エレインは本の一部を指さした。確かにそこにはアムレンに関する記述があった。マーガレットはその記述を読んだ。

「白い騎士アムレン。王立騎士団、元団長？」

「ええ、そうです。そして王立騎士団団長は表向きには守護者の一員になっています。ただこれが本当かどうかはわかりません」

エレインはページをめくって、王立騎士団と守護者に関するページを開いた。

「伝説にはこうあります。『〔勇者〕の一人は、王となり、国を統治した』。この国は〔勇者〕の末《まっ》裔《えい》によって統治されています。真実は定かではありませんが、伝説を信じるのであれば、そうです。もともと、王によって作られた騎士団は、すべて守護者で構成されていたようです。それが月日が経って、団長のみが守護者という肩書を持つ形になったようですね」

エレインは本の記述をなぞりながらそう言った。

「では、王立騎士団か、もしくは守護者を調べれば、アムレンが見つかるのか？」

マーガレットが尋ねると、エレインは表情を曇らせた。

「いえ……わかりません。というのも、どちらも調べることができない組織だからです」

「なぜだ？」

エレインは本をめくって、団長の記録が書いてあるページを見せた。そのページには歴代の団長の名前と、任期が書かれていた。アムレンのあと、二人の団長の名前が書かれていたが、そこから先が空欄になっていた。任期の日付は数年前を最後にして止まっている。

「王立騎士団は表舞台から姿を消しました。今、王都を守っているのは王立騎士団の下位組織である王都騎士団です」

「どうして消えてしまったんだ？」尋ねたが、エレインは首を振った。

「一般には名称が王都騎士団に変わっただけだと言われています。確かに、王立騎士団はもともとあまり表に出ない組織でした。国王を守るためだけの少数精鋭の部隊になっていたのも事実です。しかし、全く存在自体が消えてしまう理由がないのですよ。そこがわかりません」

「では、守護者は？」

「彼らはもともと表舞台に立っていません。今までどこに拠点を置いていたのかすら記録に残っていません」

「そうか」マーガレットはうなだれた。

「お力になれず、すみません」エレインは本を閉じると申し訳なさそうに言った。

「いや、いいんだ。突然すまなかった」

マーガレットが言うと、エレインは本を持ち上げて一礼した。

「あ、すまない、もう一つだけ」マーガレットはエレインを呼び止めた。

「はい。なんでしょう？」

マーガレットはワーズワースというファミリーネームについて尋ねた。

エレインは首を横に振った。

「私はそれほど多くを知りません」ブラムウェルと同じ答えだった。

「そうか」マーガレットは礼を言った。

エレインは本を棚にしまうと、カウンターに戻っていった。マーガレットはしばらく椅子に座っていた。


気が付くと向かいにデイジーが座っていた。

「ああ、すまない」マーガレットは言った。

「お話終わった？」デイジーはニコニコと笑って言った。

「ああ、終わったよ。図書館は楽しかったか？」

デイジーは手を広げて言った。

「すんごく楽しかった」

マーガレットは微笑み、デイジーに手を差し伸べた。

「私の用事は終わった。外に出ようか」

「うん」デイジーは立ち上がるとマーガレットの手を取った。

デイジーは言った。

「ねえ、お姉ちゃん」

「なんだ？」

「私、アムレンって人知ってるよ？」


マーガレットは立ち止まった。


「え？」

「お姉ちゃんが探してる人かわからないけど、でも、そういう名前の人なら知ってる。もともと団長だったたって言ってたし」

マーガレットはしゃがみ込んでデイジーの肩をつかんだ。

「その人はどこにいる!?」

「会いたいの？」デイジーは尋ねた。マーガレットはうなずいた。「じゃあ、連れていってあげる」

デイジーはそう言って、マーガレットの手を引いた。

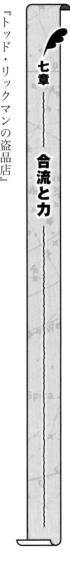

七章　合流と力

『トッド・リックマンの盗品店』

『迷惑かけるのはお互い様』

『文字通り《掘り出し物》販売』

カラフルな蛍光石の看板が光っている。僕はアンジェラが読み上げたそれを見上げて目を細めている。そもそも盗品店ってなんだ。公にしていい看板ではなかった。

店の前には中年のヤギの獣人が座っていて、キセルをふかしている。テリーと同じように、人間ではなく獣よりの獣人だ。

何が気に食わないのか僕とアンジェラのことをにらみつけて鼻にしわを寄せている。

「どうしてにらまれてるんでしょう」僕はこっそりアンジェラに尋ねた。

「知りませんよ。私この店初めて来ましたし」彼女もこそこそとそう言った。それが気に食わなかったのか、ヤギの獣人はぼりぼりと体を搔《か》きながら眉間にしわを寄せてさらに僕たちをにらんだ。

彼がトッド・リックマンなのだろうか、店には他に誰もいないように見えた。

アンジェラがヤギの獣人に近付いた。

「すみません。トッドさんですか？」

「いらっしゃい。そうだよ」渋い声でトッドは言った。彼はキセルを椅子にたたきつけて灰を落とした。よく見ると椅子の下には灰の山ができていた。

「あー、ここにオリビアという人はいますか？」アンジェラは少しおどおどして尋ねた。

「今はいないね。中で待ってな」トッドは店の中を指さした。

アンジェラとともに店に入る。店内には雑多なものがゴロゴロと置いてあった。商品に統一感がないのは盗品店だからだろう。宝石やペンダントといった装飾品から、剣や盾といった武器、スクロール、虫の死骸まで売っている。僕は店の奥に進んでいって、壁に大きなスクロールがかかっているのを見た。

「アンジェラさん、あれ見てください」僕はそれを指さした。それは《マジックボックス》のスクロールだった。パスワードの部分は空欄だった。

「デリク教授の言う通りみたいですね」アンジェラは腕を組んでそう言った。

巨大なスクロールの前には機械とたくさんの羊皮紙が置いてあった。ここでオリビアは《マジックボックス》のパスワードを検索して、中身が入っているかどうか確認し、入っていれば、盗んでいるのだろう。そうしているうちに、運悪く、彼女は〔魔術王の左脚〕を魔術師から盗んでしまった。

店の中を探したが、〔魔術王の左脚〕はなかった。僕はトッドに尋ねた。

「すみません。真っ黒な鎧《よろい》の左脚のようなものを仕入れませんでしたか？　赤白の大きなリボンと一緒に出てきたはずです」

トッドは僕を見て、それから首を横に振った。

「いや、知らないね。俺が見てないってことはオリビアが持っているか、もしくはあいつが小遣い稼ぎによそで売っ払ったか」

「それは困ります！」アンジェラが言った。トッドは小さく首を振った。

「そう言われてもね。どちらにせよ、俺は見ていないよ」

僕はアンジェラと顔を見合わせた。

そのときだった。

「戻ってきたな」トッドがつぶやいた。僕は彼がキセルで指し示す方を見た。

そして、ぎょっとした。

「なんで……なんでここに？」

オリビアと見られるハーフエルフの小さな女性の後ろから、リンダとドロシー、それにテリーがついてきていた。

「スティーヴン!!」リンダとドロシーが駆けてきて、僕に抱き着いた。

「心配したにゃ！『なんだかかんだかの車輪』とか回ってようやく見つけたにゃ!!」

「よかったあ！ティモシーよティモシー、リンダ」二人はそう言って微笑《ほほえ》んでいたがドロシーは、アンジェラを見ると目を剝《む》いて、僕を引き離した。

「あいつが守護者の一人よ、リンダ」

「なんでお前がいるにゃ！あっち行けにゃ！」リンダはフーッと毛を逆立たせて威嚇した。

ドロシーは僕とリンダに隠れてアンジェラをにらんでいる。

「戻りましたー、ってあれ？どうかしたんですか？」オリビアはとんがり帽子のつばに触れて不思議そうに尋ねた。

アンジェラは困惑気味に頭を掻いて、テリーを見つけて理解したように「ああ」とつぶやいた。

「そこの人に、あなたを連れ去るところを見られていたんですよねえ」アンジェラはテリーを見てから僕に言った。確かにあの改造馬車に乗せられたとき、テリーを見た気がする。茫然自失《ぼうぜんじしつ》で何も考えられなかったあのときだ。

「そうにゃ！　テリーが発信機を車に投げ入れたから、ここまで来られたのにゃ！」リンダは僕を抱きしめたまま言った。

「どうしてスティーヴンを誘拐なんかしたの？」ドロシーは僕とリンダの後ろから尋ねた。

アンジェラは言った。

「これには深いわけがあるんですよ。でもそれ後でいいですかあ？」アンジェラはそう言って、オリビアを見た。

「ダメにゃ！」リンダが叫んだが、アンジェラは聞く耳を持たず、オリビアに近付いた。オリビアは警戒して身構えた。

「何よ！　あんた！」

「オリビアさん。あなた、《マジックボックス》からものを盗む《墓荒らし》ですね？」

《墓荒らし》という言葉に、オリビアは反応した。

「《墓荒らし》!?　聞き捨てならない！　私は《トレジャー・ハンター》！　それも一流のね！　ランダムにパスワードを探し出すだけじゃない。《マジックボックス》が発動された瞬間を見れば、術式からその人のパスワードを盗み取れるんだから！　訂正して！」

「どっちもおなじだ」トッドがキセルをふかしてそう言った。

「トッドさんまでひどいじゃないですかあ！」

アンジェラはニコニコと笑顔で言った。

「それはどうでもいいんですけど、あの、黒い鎧の左脚みたいなものを最近手に入れませんでしたか？」

オリビアは「はあ!?」とキレた。

「どうでもよくない！　確かに最近そういうものを手に入れたけどそれが何？　あんたには渡さないから！」オリビアは小さな胸を張った。

ドロシーがつぶやいた。

「それって、まさか……」

僕はリンダの腕から逃れて、ドロシーに言った。

「ティンバーグで奪われた〔魔術王の左脚〕だよ」

「え!?」ドロシーは口を押さえた。

「そのオリビアって人が、魔術師のマジックボックスから盗んだんだ」僕はドロシーとリンダにそう言った。

アンジェラは子どもに言い聞かせるように言った。

「それはあなたが持っていていいものではないんですよ。危険なものなんです」

「そんなのはどれも同じ」オリビアは言った。「わかりきったこと」

ドロシーがオリビアに近付いて言った。

「オリビア。それは本当に危険なの。この人じゃなくてもいい。私たちでもいいから渡した方がいいわ」

オリビアはドロシーを見て、アンジェラを見て、そして笑った。

「先輩、この人とグルなんですね？　そうなんでしょ！」

ドロシーは呆《あき》れたようにため息をついた。

「そうじゃないわ。私は……」

「『あなたのためを思って』なんて言わないでくださいよ」オリビアは目を赤くしてドロシーをにらんだ。ドロシーは首を小さく振ってうつむいた。

一人の男が通りを歩いている。咥《くわ》えタバコをしたロングコートのおっさんだ。彼は僕たちを見ている。これだけ騒いでいれば気にもなるだろう。

彼は通り過ぎる。

そう思った。

「お前が『墓荒らし』か」その男は突然、オリビアを抱き上げると肩に担いだ。

「な！　ちょっと！　何すんのよあんた！」オリビアは暴れた。

「ああ、うるせえうるせえ。人のもの盗みやがって」そのおっさんは沈むようにしゃがみ込むと、飛んだ。

僕にはそう見えた。

《フライ》という魔法より速く、一瞬でかなり高い位置まで到達した。

「きゃあああああああああああああ!!」オリビアの悲鳴が響く。ロングコートの男はオリビアを担いだまま、アンヌヴンに立つ塔を蹴って移動した。

その動きは、ブラムウェルに似ていた。

僕は《フライ》を使い、彼を追いかけようとしたが、すでに遅い。

彼は、エレベーターのある方角に屋根伝いに駆けていった。

「〈魔術王の左脚〉が！」アンジェラは叫んだ。

着地すると僕は言った。

「追いましょう！」

僕たちは駆け出した。


オリビアを捕らえたおっさんはエレベーターに乗って地上へと向かっていた。オリビアはその速度に耐え切れず、気を失っていた。おっさんは息を切らしながらエレベーターの壁にもたれかかった。

「さすがに辛いな」

彼は、ポケットからペンとインク瓶、それから羊皮紙の破片を取り出すと地面で何かを書き出した。息を吹きかけて、インクを乾かすと、ベルトに挟んでいたスクロールを取り出して、紐《ひも》を解《ほど》いた。

「アクティベイト」

おっさんはスクロールを発動させた。それは《マジックボックス》だった。

彼は何かを書いた羊皮紙を《マジックボックス》に入れると、すぐに閉じ、ポケットから何か機械を取り出した。それは手のひらに収まるサイズで、スイッチが一つついていた。

おっさんは機械のスイッチを入れた。


デイジーに連れられて、マーガレットは王都を歩く。デイジーは手を握りしめて放さない。瑠璃色の髪とリボンを揺らして歩いている。

マーガレットはアムレンのことを考えていた。

王立騎士団、元団長。

そして守護者という肩書を持っていたという。

デイジーはアムレンとどういう関係なんだろう。マーガレットは気になって尋ねた。

「ご主人様なの」デイジーはそう言った。

「ご主人様？　君はメイドか何かなのか？」そう言ってからマーガレットは口をつぐんだ。もしかしたらデイジーには辛い過去があるのではないか。ご主人様というからには奴隷《どれい》なのではないかと思った。

デイジーは笑顔で言った。

「メイドじゃないよ。私は代わりなの」

「代わり？」

「そう」彼女はそれ以上何も言わなかったし、マーガレットもそれ以上何も聞かなかった。

そこは城から少し離れた場所だった。デイジーを見つけたあの場所ほど荒《すさ》んではいなかったが寂れていた。デイジーはとある建物の前で立ち止まった。

「ここだよ！」

マーガレットは緊張した。覚悟はできていた。

デイジーが扉を開けた。

そこには一人の男と、ハーフエルフの女の子がいた。女の子は気を失って倒れていた。男はロングコート姿で、椅子に深く座り込んでぐったりとしていた。

「ご主人様ー。その人だれー？」デイジーは男に近付いて、ハーフエルフの女の子を指さした。男は床を見たまま言った。

「《墓荒らし》だよ。見つけたんだ」彼は顔を上げた。

マーガレットはその顔をじっと見た。間違いない。あの頃より歳《とし》を取っているが、彼だ。

アムレンだ。

「誰か連れてきたのか？　デイジー？」

「うん。お客さんだよ」

彼ははじめ、興味がなさそうにこちらを見ていた。徐々にその目が開かれる。

彼は言った。

「マーガレットか？」

マーガレットは剣に手をかけた。彼は母親を殺した男だ。お祖父様《じいさま》を殺した男だ。それは確かだった。

彼に聞きたいことが山ほどあった。

マーガレットは言った。

「そうだ、アムレン。探しに来たぞ。あの日言われたように」

アムレンは、笑った。

「大きくなったな、マーガレット」

マーガレットは剣を抜いた。デイジーが身構える。

アムレンは座ったままため息をついて言った。

「時間は残酷だ」

「アムレン。お前に聞きたいことがある。私は私について知らなければならない。これは私の名誉のためじゃない。復讐《ふくしゅう》のためでもない……」

マーガレットはうつむき、ぽつりと言った。

「私は……怖いんだ」

マーガレットはそこで口をつぐんだ。

彼女は悩んでいた。王都にたどり着く寸前に見たあの夢が彼女の心に深く突き刺さっていた。

スティーヴンに合わせる顔がないと思った。

――母と祖父がいた。二人はマーガレットを見下ろしていた。
――母がマーガレットの肩をつかんだ。
――「いい？　マーガレット。あなたは――」

マーガレットはアムレンに尋ねた。

「ワーズワース家は魔術師の家系なのか？　私は、魔術師なのか？　だから、守護者であるお前は、私の家族を殺したのか!?」

――「いい？　マーガレット。あなたは立派な魔術師なのだからしっかり訓練なさい」

マーガレットは涙を流した。身を裂くような心の痛み。
答えないでくれ。
答えてくれ。
マーガレットはボロボロと堰《せき》を切ったように泣いた。

マーガレットは怖かった。それは魔物や魔族との戦闘では感じたことのない、陰湿な恐怖だった。
彼女は王都にたどり着く前にわかっていた。自分が魔術師の家系だということを知っていた。それでもなお、藁《わら》にもすがる思いで、否定できる材料を探していた。

何としても否定する必要があった。

マーガレットは自分が一人では何もできないと感じていた。それは王都にたどり着いてからより鮮明になった。まるで夢の中のように、幼い自分に戻ってしまったように感じた。スティーヴンに出会う前の、何もできない孤独な自分に戻ってしまったように。

何としても否定する必要があった。

もしも自分が魔術師の家系なら、スティーヴンの隣にいることはできない。リンダたちとともに戦うことはできない。

安心をくれる人たちのそばにいられない。

自信をくれる人たちのそばにいられない。


マーガレットは怖かった。

アムレンが否定してくれることを、強く、願った。


デイジーは身構えるのをやめて、不思議そうにマーガレットを見た。彼女はアムレンの服を引っ張って、どうしてマーガレットが泣いているのか尋ねた。

アムレンは、デイジーの頭を撫《な》でた。


彼は静かに、マーガレットに言った。

「ワーズワース家は、〈魔術王〉の血族だ。魔術師よりもっとずっと、面倒な存在だよ」

マーガレットはひゅっと息を吸い込んだ。〈魔術王〉だろうが、魔術師だろうが、同じだった。想像していたことが、今はっきりと事実になって、マーガレットを襲った。

――私はスティーヴンの敵だ。

彼が憎み、倒した魔術師と同類、いやそれどころか、彼らが信仰している存在の血を引いている。

それはつまり、自分が何もできない存在に戻ってしまうことを意味していた。マーガレットはダンジョンの中で、マップもなく彷徨《さまよ》い続ける自分の姿を想像した。仲間と連携も取れず、一人で戦い続け、そして一人で死んでいく姿を想像した。

彼女はうなだれた。

また孤独に戻るのか？

あの頃のように、スティーヴンに出会う前、『グーニー』よりもっと前に戻るのか？

突然、マーガレットは不安になった。それは今まで体感したことのない感情だった。

胸の奥底にある大事な部分を無理やりくりぬかれたような痛みに呻《うめ》いた。

「私は、独りだ……」

マーガレットはつぶやいて、両手で顔を覆った。


いつの間にか、マーガレットはアムレンのいたあの建物から離れていた。ふらふらと歩き、ときおり壁にぶつかった。

「これからどうしたらいいんだ」

マーガレットはつぶやいた。

もう誰も頼れない。誰も手を引いて道を示してはくれない。

また、道に迷ってしまった。

それどころか、もう行き先すらわからなくなってしまった。

おぼつかない足取りで歩く彼女はすれ違う人にぶつかった。相手は細い体だったが妙に力があって重く、マーガレットは体勢を崩して転んでしまった。

「ああ、すまない、ぼうっとしていた」マーガレットはそう言って相手を見た。

そこには顔がなかった。

はじめそれは仮面かと思った。しかしそうではない。顎の下から首にかけて、いくつもの管が体につながっている。機械。

オートマタ。

話だけは聞いたことがあった。魔物の類いだと聞かされていた。

マーガレットははっとして立ち上がり一瞬で遠く距離を取った。オートマタが身構えた。攻撃されたと思ったのかもしれない。

オートマタは全部で三体横に並んで歩いていたようだ。皆ローブを身にまとっていて、フードを目深にかぶっている。

いや、よく見ると真ん中にいるのは人間の男だ。口元だけが見える。彼はこちらをじっと見ている。下唇を噛《か》んでいる。

ひどく強く、噛んで、一筋、血が流れる。

マーガレットは眉根を寄せる。オートマタにぶつかったのがそれほどまでに気に食わなかったのか。それとも癖なのか。

マーガレットが口を開くより先に、男は言った。

「よく似ている」

——似ている？

——何と？

マーガレットはさらに不審そうな顔をする。男は続ける。

「妬ましい。………殺しなさい!!」

男が一歩下がると同時に、一体のオートマタが剣を抜いて突撃してくる。マーガレットは突然のことにハッとして、わずかによけることしかできない。

オートマタの反応は速い。剣戟《けんげき》がよけられたと知るや、関節を人間ではありえない方向に曲げて、力の方向を変換し、蹴りを繰り出す。

「うっ」マーガレットは剣を抜くこともできず、まともに打撃を喰《く》らい、地面を転がる。血を吐く。

オートマタがなおも向かってくる。マーガレットはようやく剣を抜く。

オートマタの突撃は重く、彼女は歯を食いしばって何とか凌《しの》ごうとする。

と、ひゅっと音がしたかと思うと、突然肩に激痛が走った。

腕に力が入らなくなり、マーガレットは押し負ける。彼女は剣を落とし、地面に倒された。

肩を見ると、鎧の僅かな隙間に矢が深く刺さっていた。もう一体のオートマタが弓を構えている。

まずいと思ったときには次の矢が放たれている。

見たことのない速度で矢が走り、立ち上がろうとしたマーガレットの太ももを貫通する。

悲鳴を上げる。

マーガレットはまた、地面に倒れ込んだ。どくどくと血があふれる。服に、鎧に、真っ黒なシミが広がっていく。剣を持ったオートマタが近付いてくる。

奴《やつ》の顔にはいつの間にか口ができている。それはただの亀裂に過ぎない。しかし奇妙にもそれは笑っているように湾曲している。

奴は剣を振りかざす。

マーガレットはそれを見ていることしかできない。

思考だけが巡り巡る。

もしもリンダたちと一緒に行動していたら？

スティーヴンがさらわれたとわかったときにテリーの話をちゃんと聞いていたら？

何より、守護者がやってきたときにスティーヴンのそばに自分がいたら？


そう、ありもしない可能性を考えてしまう。

どの可能性をとっても、結局、自分が魔術王の血族だという事実は変わらない。


「ああ」

彼女は思った。

もっとリンダの言うことを聞くべきだった。

仲間の様子を観察するべきだった。

スティーヴンのそばにいるべきだった。


——もっとスティーヴンのそばにいたかった。

こんなことなら、

「こんなことなら、知らなければよかった」

オートマタが剣を振り下ろす。

マーガレットは、死に至った。


謎の男にオリビアを連れ去られ、〈魔術王の左脚〉を失った僕たちはエレベーターに乗っていた。

「あの男に心当たりはありますか？」

僕はアンジェラに尋ねた。彼女は首を横に振った。

「誰かに似ていましたが、誰だか思いつかないんです。……彼は魔術師でした。『記憶改竄《かいざん》』スキルを持っていましたから。だから、知らない人のはずなのですが。……リボンを探していた女の子の魔術師、ご主人様がいるって言ってましたよね？」

僕はうなずいた。

「ええ、たぶんその『ご主人様』がさっきの男でしょう」

「じゃあ、魔術師に〈魔術王の左脚〉をまた奪われたのかにゃ!?」リンダは叫んだ。

僕たちはリンダたちにこれまでの経緯を話した。瑠璃色の髪をした少女に襲われたこと、彼女が『記憶改竄』を持ち、無詠唱魔法を使って、王都で《テレポート》を使ったこと、少女がご主人様と呼ぶ何者かがさっきの男であろうということ。

僕はドロシーを一瞬見てからリンダに言った。

「オリビアさんが《マジックボックス》を開かない限り、魔術師にあれが渡ることはないと思います。……要するにそれは、オリビアさんに危険が迫っているというわけで……」

「＃＃＃＃＃」テリーが言って、リンダがムムムと唸《うな》った。

「自業自得、と言えばそうなのかにゃ？」

「それはそうだけど……」ドロシーはうつむいていた。オリビアのことが心配なのだろう。

「ドロシー、オリビアはすぐに《マジックボックス》を開くかな」

僕が尋ねるとドロシーは首を振った。

「たぶんそんなにすぐは開けないと思う。けっこう強情な子だから。……だから、心配なのよ」


僕たちは地上に着いた。そこは僕とアンジェラが降りたのと同じところだった。

「どこに向かったんでしょう」僕たちは衛生的ではない路地に出た。ドロシーが言った。

「人を抱えて走るのに表は使わないんじゃないかしら」

アンジェラはうなずいた。

「そうですね。ここみたいに人がさらわれても誰も気にしないような場所を走ると思います。とにかく人に聞いてみましょう」アンジェラは言って、そばにいたおばさんに声をかけた。おばさんはひどく面倒そうな顔をして、通りの向こう、さらに治安が悪そうな区域を指さした。

「ありがとうございます」アンジェラは全く気にした様子もなくそう言った。「行きましょう」

「だめにゃ！　見つからないにゃ！」リンダは言った。

あの後、僕は《フライ》を使ってあたりを見回したがそれらしい姿は見つからなかった。アンジェラが人に尋ねるのも限界があった。しばらくは見かけた人を見つけられたが、地上に出た地点を離れるにつれて手掛かりは少なくなり、ついに途絶えた。

「マーガレットが一緒にいればすぐ追っかけられたのにゃ!!　なんで別行動取るのにゃ!!　いっつも重要なときにいないにゃ!!」リンダはそう言って頭を掻きむしった。

「マーガレットさんも来てるの？」僕がドロシーに尋ねると彼女は答えた。

「ええ。でも、途中で別れたのよ。『このままではスティーヴンに会うことができない』とか何とか言ってたわ」

僕は眉をひそめた。どういう意味だろう。

「＃＃＃＃＃」テリーが機械を取り出して何か言った。その機械は方位磁石のようなものとダイヤルがついていた。方位磁石は一つの方向を指し示していた。

「マーガレットが近くにいるのかにゃ？」リンダが尋ねるとテリーはうなずいた。

「どうしてわかるんですか？」僕は聞いた。

「マーガレットに発信機を持たせたにゃ。あいつすぐ迷子になるからこっちから探せるようにしたのにゃ」リンダはそう言った。

「マーガレットと合流した方がいいんじゃないかしら。彼女なら私たちより広い範囲を探せるはずだし」ドロシーの言葉に僕はうなずいた。アンジェラが尋ねた。

「そのマーガレットって人、誰ですか？」

「Sランク冒険者です。高速で動いて飛び回れるので、さっきの男を追いかけるのに最適な人ですよ」僕は答えた。

リンダは少し不満げだったが言った。

「わかったにゃ。合流するにゃ」


テリーに従って、僕たちは歩く。彼は機械を両手で持って矢印の方向に進んでいく。ダイヤルの数値が徐々に小さくなるにつれて、僕たちは城に近付く。

どこかで大きな音がした。同時に岩か何か、硬いものが崩れるような音がする。

僕たちがいるのは表通りで、人が多かった。瑠璃色の髪の少女に出会った場所とは別の広場が近くにあった。通りは一直線に広場まで延びていて、幅が広い。僕たちは広場の方角に向かっていた。

「何の音でしょう?」アンジェラがつぶやいた。

通りを歩く人々も同じように不思議そうな顔をしている。

突然、テリーは立ち止まった。

「どうしたにゃ? テリー?」リンダが聞くとテリーは機械を何度か叩《たた》いて、言った。

「#####」

「反応が消えたにゃ?」

ドロシーが怪訝《けげん》な顔をした。

「それってどういう意味?」

テリーが何か言った。

「発信機の魔石がなくなったか、発信機が壊れたのかにゃ？　手掛かりなくなったにゃ！」

リンダは髪を掻きむしった。

「ねえ、さっきの音ってもしかして、マーガレットに関係してる？」ドロシーが思案顔でそう言った。「マーガレットが戦っているか、襲われたか、とにかく何かに巻き込まれて発信機が壊れたんじゃないかしら？」

僕たちの間に沈黙が流れた。確かにそれはありえる話だった。

「きっと偶然にゃ！」リンダはそう言ったが、内心では心配なのだろう、むむむと眉間にしわを寄せている。

「音がした方に向かいましょう」僕は言って上空を見た。大きな音の後に何かが崩れる音がしていた。土煙が上がっているはずだ。


そのとき、上空から何かが落ちてきた。それは布の塊のように見えた。僕たちは驚いて、距離を取った。

落ちてきたそれは、しっかりと着地し立ち上がって僕を見た。

オリビアをさらった『ご主人様』が降りてきたのかと思った僕は、呆然とした。

そいつには顔がなかった。目のあるあたりにぽっかりと穴が空いていて、それ以外の部分は金属で覆われていた。それは、腰から二本の剣を抜くと口を開いた。

口などなかった。が、突然、口の場所に切れ目が入ったかと思うと、変形して、牙を剥いた。

「スティーヴンですね？」

オートマタは言った。僕は目を剝いた。

「その反応は肯定のサインです」

そう言うと奴は突然、声にならない咆哮《ほうこう》を上げ、僕に突進してきた。

僕はとっさに魔法壁を発動した。魔法壁に気づいた奴は、急停止して、魔法壁の直前で止まった。バックステップで距離を取る。反応が速い。戦闘能力も高い。が目で追えるスピードだ。マーガレットほどじゃない。

アンジェラが叫んだ。

「オートマタがどうして!!」

オートマタは僕に剣の切っ先を向けた。すると、そこに光の輪が現れた。

「無詠唱魔法!!」ドロシーが叫んだ。

僕は《アンチマジック》で魔法を消す。オートマタは魔法が消えて不思議そうに切っ先を見ていた。

僕はリンダたちに言った。

「こいつの狙いは僕です。逃げてください!!」

アンジェラとテリーが走り出す。周りにいた王都の人々も突然降ってきた機械の塊が攻撃する様子を見て、逃げていく。

僕はオートマタの攻撃に備えた。ドロシーとリンダは心配そうにこちらを見ながら、アンジェラを追った。

どうしてこいつは僕を襲う?

疑問は残るがリンダたちが逃げる間、時間を稼がなくてはならない。

オートマタは懲りずに続けて魔法で僕を攻撃した。が、その魔法はすべて僕が《アンチマジック》で消していく。魔法は封じることができる。

僕は軽い魔法攻撃を挟む。小さな炎がオートマタの方へ飛んでいく。オートマタはそれをよけた。間違いない。奴は《アンチマジック》を使えない。

魔法が効かないとわかると、オートマタは剣を構えた。奴の突撃は魔法壁で封じることができる。守りは十分。リンダたちは僕から見えないところまで逃げられた。

あとはこいつを処理すればいい。

僕は手を振り上げる。大量の光の輪が地面に浮かび上がる。オートマタはそれに気がつき、ステップを踏むようによける。ただ、魔法の発動の方が早い。すべてよけるのは不可能だ。

オートマタを追うように光の輪が発動していく。発動するや、石畳が割れ、棘《とげ》の生えた植物が出現する。植物は波のようにオートマタを襲う。奴の足元の魔法が発動する。オートマタは地面を蹴ったが、その体が地面から離れることはなかった。ツタが奴を捕らえた。オートマタは両手両足を引き伸ばされて磔《はりつけ》になる。オートマタの手首を回転させ、剣を落とす。

僕は尋ねた。

「どうして僕を狙う!?　誰に命令された!?」

オートマタは大きく口を開けて言った。

「あなたが邪魔だからです、スティーヴン。マーガレットの次はあなただ」

僕はその言葉にはっとした。

「マーガレットさんはどこだ!!」

オートマタは不快な笑い声を上げた。

「彼女は死んだよ。次に死ぬのはあなただ」

と、オートマタから高い音が鳴り始める。奴の胸が開き、巨大な魔石が現れる。魔石には多くの管がつながっていて、そのどれもが激しく動いている。

魔石が光を増す。僕は《アンチマジック》を使ったが、光は収まらない。

これは魔法じゃない。

僕はオートマタから離れると、物理反射の魔法壁を張った。

オートマタの光が激しくなる。僕はそれを直視できない。目を強くつぶる。

一瞬音が消え、次いで、爆発音が聞こえた。僕は目を開く。土煙がひどい。せき込みながら、魔法を使って、風を起こし、煙を払う。

オートマタがいた場所を中心に円形に地面がえぐれている。奴の体はバラバラになって散乱している。

自爆。死を恐れない戦い方だ。こんなのが戦争に出てきたらたまったものではない。兵器としてあった時代は恐ろしいものだっただろう。

僕は、また、せき込む。

奴の言葉が気になった。マーガレットが死んだ？　本当だろうか。

ただ、僕の動揺を誘うために言ったのだろうか。いや、よく考えればそれだっておかしい。

どうして奴は僕とマーガレットの関係を知っていた？

この感覚は知っている。エヴァのときに似ている。失敗したループの感覚に似ている。僕の知らないところで、何か恐ろしいことが起きている。

僕はあたりを見回した。何が起きている？　おかしなことがある。気づいていないことがある。もしかしたら気づけないことかもしれない。すでに手遅れなのかもしれない。今できることは情報を集めることだけ。

僕は空を見上げ、

そいつを見つけた。

奴は上空から僕を見下ろし、観察していた。オートマタと同じように体を包むようにして大きなローブを着ている。フードを目深にかぶっている。裾がはためく。脚があらわになる。

僕は奴の左脚を見て、はっとした。

「そんな……」

彼の脚には、〈魔術王の左脚〉が装着されていた。

真っ黒なその鎧はかすかに紫色の光を放っている。鎧というには、あまりにも醜い。〈魔術王の左脚〉はまるで装着者から養分を吸い取ろうとするかのように、一部を植物のツタのように変形させて、膝や太腿《ふともも》に食い込ませている。

僕はエヴァの言葉を思い出した。

――選ばれし者にしかつけることのできない鎧です。

エヴァは選ばれし者ではなかった。彼女は装着し魔法を使ったが、拒絶されたように〈魔術王の右腕〉は外れ、右腕が灰になった。

魔術師であることは、選ばれし者の条件ではない。

では何が……。

僕は彼の顔をしっかりと見た。ローブの男はオリビアをさらっていった『ご主人様』だった。さらう瞬間は一瞬で〈記録〉のスキルを発動する間もなかったが、僕はその顔をしっかりと覚えている。咥えタバコをしたロングコートの男。〘墓荒らし〙であるオリビアを担ぎ上げ、飛び上がり、連れ去った男だ。

そのはずだ。

……違和感があった。

本当にそうなのか？

この違和感はなんだ？

わからない、わからない。

マーガレットは〈魔術王の左脚〉を装着した彼に殺されたのか？

それほどまでに、この代物は強力なのか？

僕は身構える。

ローブの男は右手を上げた。〈魔術王の左脚〉にダヴェド文字が螺旋状に走り、光る。エヴァが使ったときと同じ光り方、同じ挙動で、空中に光の輪が現れる。

選ばれし者ではなかったエヴァでさえ、魔法を発動することができた。そしてそれは《アンチマジック》で発動前に消去できた。

僕は《アンチマジック》を『空間転写』して、発動した。

光の輪が消える、はずだった。

なのに、どうして、
《アンチマジック》は確かに発動した。「activate」と書き込まれたスクロールは消失した。

「どうして消えない!?」

光の輪は収縮して、魔法が発動する。

真っ黒な槍《やり》が出現する。空中を浮遊し、わずかに動いている。それは武器だと僕は思った。彼は槍を手に持ち、僕に襲いかかってくるはずだ。そう思った。

槍の周りには陽炎《かげろう》のように光を屈折する透明な紫色の帯が何本もある。槍の先端が僕に向く、と、ふわりと漂っていた帯が瞬時に槍にまとわりつき、槍が発射された。

速い。よけられる速度ではない。

僕は必死で体をひねろうとしたが反応しない。よけられない。僕は目をつぶる。地面に槍が刺さる音がした。目を開ける。槍の狙いは正確ではなく、僕よりかなり離れたところに突き刺さっていた。

僕は次の攻撃に備える。

槍から目をそらす。視界の端で、槍にまとわりついていた紫色の帯がほどけるのが見える。

そのとき、僕の体は背中から突き刺された。胸から突き出しているのは透明な紫色の帯。

槍にまとわりついていた帯は、ほどけた瞬間、四方八方に伸びた。

僕はその一つに突き刺されていた。

血を噴く。呼吸ができない。

紫色の帯が槍に戻った。乱暴に引き抜かれて、地面におびただしい血が線を引いた。

僕は薄れる意識の中で、《エリクサー》を『空間転写』した。

正しくはしようとした。

その瞬間、またしても帯が伸びて、僕の首をはねた。

XIII

声がする。

ただ、その声は、壊れていた。

——繝ｦ繝九?繧ｯ繧ｹ繧ｭ繝ｫ縲医そ繝ｼ繝悶い繝ｳ繝峨Ο繝ｼ繝峨?峨ｒ逋ｺ蜍輔＠縺ｾ縺吶?

——譛?蠕後↓繧ｻ繝ｼ繝悶＠縺溷?ｴ謇?縺ｸ謌ｻ繧翫∪縺吶?

——繧医ｍ縺励∧縺ｧ縺吶。?

僕は困惑した。今までこんなことは一度もなかった。

〈魔術王の左脚〉の影響か？

おそらくいつも通り、「最後にセーブした場所に戻ります」と言っているのだろう。

僕は「ＮＯ」と言った。

――蜿苓ｫ縺励∪縺励◆縲

――繧ｹ繝ｭ繝?ヨ縺ｮ驕ｸ謚槭↓謌ｻ繧翫∪縺吶?


目の前にスロットが表示される。ただ、何かがおかしかった。僕はスロットの一つを選択した。

それは壊れていた。どのスロットも、ザザザという雑音と真っ暗なイメージしか浮かばない。

僕は焦った。片っ端からスロットを見ていった。どれか見られるものがあるはずだ。そう信じて、一つずつ取りこぼしのないように開いていった。

しかし、すべてのスロットが、同じように雑音と暗闇に包まれていた。


「も……戻れない」

それどころか、どこにも行くことができない。

僕はこの選択の場に閉じ込められてしまった!!

「何か、……何か方法があるはずだ」僕はスロットを何度も何度も見返した。

どこかに戻るヒントはないのか？

ちょっとでもいい、手掛かりが欲しい！


そのとき、後ろから声が聞こえた。

僕は振り返った。


視界が開ける。

僕は森の中を歩いている。

が、僕には見覚えのない場所だった。僕はこんな場所を〈記録〉した覚えはないし、来たこともない。僕はあたりを見回そうとしたが体を動かせない。歩いてはいる。ただ、体を動かしているのは別の誰かだ。僕は操り人形のように、体を動かされている。

どうなってる？

僕は選択の場から抜け出すことに成功した。だが、どうやらいつものように〈ロード〉できたわけではないらしい。視界は良好だし、音も聞こえる。肌の感覚もしっかりとあるが、体のコントロールはきかない。この体は本当に僕のものなのか？

何かがおかしい。

動かされるままに湖に出た。どうやら、水を汲《く》みに来たようだ。体が勝手に『空間転写』をして、《マジックボックス》を開く。

――ん？

僕はパスワードが違っているのに気づいた。これは僕の《マジックボックス》じゃない。いったい誰の？

《マジックボックス》から革袋を取り出すとしゃがみ込んで、水を汲んだ。

そのとき、顔が水面に映った。


僕は絶句した。


その顔は僕ではなかった。

水面は揺れていて、はっきりとは見えなかったが間違いない。

髭《ひげ》を生やしている。

僕は〈ロード〉に失敗して、別の誰かの体に入り込んでしまった!!

八章　成功と失敗

何が起きているのか理解できなかった。僕は別の誰かの体の中で意識だけで存在していた。僕は生きているのだろうか。ここはまだあの選択の場なのではないかと思った。これはただのイメージで、すべて終われば選択の場に戻れるのではないかと思った。

しかし、戻ったところで何ができるわけでもないのはわかっていた。僕の〈記録〉は壊れてしまった。過去にはもう戻れないのではないかと思った。

状況を整理したかった。

この体は誰のものだ？

顔に見覚えはなかった。たぶんないはずだ。

この髭《ひげ》の生えた『僕』はどこかの誰かだ。

髭の生えた『僕』は水を汲《く》むと《マジックボックス》に革袋をしまった。湖の向こうには女性がいた。彼女の体は透き通って見えた。『僕』は立ち上がると、彼女に頭を下げた。女性は小さくうなずき返した。

誰だろう？　この湖は普通とは違うのではないか？

僕はそう思った。

『僕』は来た道を戻りパーティと見られる二人と合流した。女性と男性が一人ずつ。男性の方は向こうを見ていて顔が見えない。

女性の一人は長い杖《つえ》を持っていて、先には丸い魔石のようなものがついていた。街にいるときのドロシーのような恰好《かっこう》をしている。ローブ姿で、いろいろな薬草が入っていそうなカバンを持っている。大きな眼鏡《めがね》をかけている。彼女が言った。

「湖の水は手に入りましたか？」

「ああ。後は戻るだけだ。俺がいない間に何かあったか？」この『僕』は自分のことを『俺』と呼ぶらしい。ますます僕との乖離《かいり》が激しくなる。この人物は僕じゃない。はっきりとわかる。

女性は首を横に振る。『俺』はうなずく。

俺はうなずく。

「特にはない。村に戻ろう」女性と一緒にいて、全く顔の見えなかった男が振り返ってそう言った。

彼の顔を見て、僕は呆然とした。

その男はまぎれもない、オリビアを連れ去った『ご主人様』だった。短く刈り上げた黒髪、紫色の目。真っ白なプレートアーマーを着ており、かなり若く見えた。


これは過去の出来事だ。

これは彼の記憶か？

〈魔術王の左脚〉の力を受けることで僕に彼の記憶が流れ込んできたのか？


わからない。わからない。

僕は今、魔術師の一人になって、彼の行動を見ているのかもしれない。

僕の思考が渦を巻き、混濁していこうとも、状況は進む。

俺たちはともに歩き出した。

「クエストが終わったら、俺はすぐに村を出て家に戻る」プレートアーマーの男は言った。

「娘さんに会いに行くんですね」ローブ姿の女性が言った。

「ああ」男はぶっきらぼうに答えた。

「娘さんはかわいいですか？」女性がさらに尋ねた。彼女はにっこりと微笑《ほほえ》んでいた。

「ああ」男は照れくさそうにそう言った。「笑うな、ステラ」

「お前らしくないな、アムレン」俺がそう言って笑った。

『ご主人様』はアムレンというのか。僕は彼の名前を覚えておこうと思った。

アムレンは俺を見ると言った。

「お前もじきにそうなる」

「俺が？　信じられないな」俺はそう言った。

俺たちはそんな他愛《たあい》もない会話をしながら森の中を進む。どうして《テレポート》を使わないのだろうと思ったが、もしかしたら、王都と同じように、《テレポート》を使えない場所なのかもしれなかった。

彼らの会話からここが「迷いの森」という名前だとわかる。あの湖の水が目的の品だったようだ。あとはこれを村に納めて、一部を自分たちのものにする。それがクエストの内容だ。

突然、悲鳴が聞こえた。俺たちは顔を見合わせる。

「俺が、先に」アムレンはそう言って、消えるような速度で駆け出して、悲鳴の方へと向かった。

俺たちも彼に続く。

「誰か迷い込んだのか？」俺はつぶやいた。

「そうかもしれません。でも村の人は近付かないはずですが……」ステラはそう言って思案顔をした。

俺たちはアムレンに追いついた。悲鳴の主は白猫の獣人で、まだ幼かった。彼女は恐怖から頭を抱えるようにしてうずくまっていた。母親と見られる女性は怪我《けが》をして倒れていた。アムレンはすでに魔物と戦っていた。その魔物はそれほど厄介な相手ではなかったようだ。アムレンは剣を振るって、魔物の首を斬り落とした。

アムレンに戦闘を任せて、俺は母親の治療をした。スクロールを『空間転写』して、発動する。《エリクサー》ではない。母親の傷が癒えていくが、わずかに傷跡が残っていた。

「ありがとうございます」母親はほっとした顔をして言った。

「ううう、こわかったああ」少女は母親に抱き着いた。母親は彼女の頭を撫《な》でた。

そのとき、突然、茂みの中から蛇の魔物が現れて、首をもたげた。奴《やつ》は牙を剝《む》いて、少女をにらんだ。

少女がまた悲鳴を上げる。俺は彼女に背を向けて、魔物と相対する。

スクロールを『空間転写』する。

「アクティベイト」

地面から岩の槍《やり》が出現して、蛇の体を突き刺した。

「ここは魔物が多いな」俺は言って振り返った。

「〔勇者〕様？」白猫の少女は俺にそう言った。

「どうして俺じゃなくてこいつなんだ？」アムレンが不服そうに言うとステラが笑った。

「笑うな、ステラ」アムレンがムッとした。

俺も笑って、

「違うよ。俺はただの冒険者だ」そう言って、少女の頭を撫でた。

「村から来たんですか？」ステラが母親に尋ねると彼女はうなずいた。

「ええ。いつもなら追い払える魔物なのですが、不意をつかれてしまって」

母親は腰にナイフをつけていた。魔物よけの薬草も一緒にベルトに挟まれていた。

どうやら、薬草を採りに森に入ったらしい。

「今度から冒険者をつけるといいですよ」ステラは言った。

「はい。すみません」母親はひどく反省した様子でそう言った。

俺は少女を肩車した。白猫の少女はキャッキャと笑った。

「名前はなんていうんですか？」ステラは少女に尋ねた。

少女は言った。

「リンダ」

――リンダさん？

僕ははっとした。確かに母親はリンダにとてもよく似ていた。腰につけているナイフも、リンダがつけているものと同じだった。

それに気づいた瞬間、目の前が真っ暗になった。
ぐるぐると回転して、落ちていく感覚。
『俺』の体から僕は引きはがされる。

選択の場に戻れるのではないかと思った。
が、そううまくはいかなかった。
僕は落下して、どこかにたどり着いた。

視界が開ける。
僕はまた、『俺』の体に引き戻されたようだ。

俺は工房のようなところにいる。例によって、アムレンとステラが一緒だった。
工房にはたくさんの工具と、魔石と、オートマタが置いてあった。
アムレンが工房の奥に向かって叫んだ。

「おーい！　いるか!?」

工房の奥から返事があった。出てきたのは目の部分がゴーグルになった仮面をつけた男で、痩せていた。髪を後ろで束ねていた。

「ああ、兄さんか。どうしたの？」ゴーグルの男はアムレンにそう言った。

俺はアムレンの弟を見た。彼の首元は皮膚が変色してひきつっていた。おそらく顔もそうなのだろう。彼はグローブをはめていて、工具を持っていた。グローブは真っ黒になっていた。

「ある場所でこんなものを見つけてな。直せるか聞きたくて」

アムレンは俺に目配せした。俺は《マジックボックス》からそれを取り出した。

それはオートマタで、かなり精巧だったが、腕や脚が取れて起動停止していた。

アムレンの弟は俺からそのオートマタを受け取ると、はしゃぐように言った。

「すごい！　オートマタ時代の最高傑作だ！　こんな精巧な表皮は見たことがない」

彼はオートマタの腕を持ち上げてそう言った。アムレンは満足そうだった。彼は弟に言った。

「直せそうか？」

弟はうなずいた。

「なんとかやってみるよ」


その夜、俺たちパーティとアムレンの弟で、夕食をとった。夕食はオートマタが作っていた。アムレンの弟の生活はオートマタによって成り立っていた。彼は修理したそれらを使って、疑似的に冒険者として活動していた。冒険者ギルドは便宜を図って彼を「テイマー」として登録していた。

オートマタを魔物とみなしてのことだった。

アムレンの弟は夕食の席でオートマタがいかに優秀か、どれだけ助かっているかを語った。

「僕は兄さんみたいに優秀じゃなかったから、この道を選んだんだ」彼はうつむいてそう言った。

「お前には合っているだろ」アムレンはパンをかじってそう言った。

アムレンの弟は苦笑して言う。

「僕は兄さんみたいになりたかったんだよ。兄さんみたいに戦えるようになりたかった。空を駆け回るように壁を蹴って、高速で敵を襲撃する、そんな強力な存在になりたかった。僕は……兄さんみたいに……」

彼はそのあと何かをつぶやいたがそれは音にならなかった。口だけが動いて言葉を作った。彼の隣に座っているアムレンには見えなかっただろうが、俺にははっきりと見えた。

――僕は……兄さんみたいに……力が欲しかった。

「コンプレックスの強い弟なんだ」

アムレンは街を歩きながら言った。翌日のことだった。俺たちはオートマタの修理を待つ間、街の観光をしていた。アムレンの弟は外に出るのを嫌がった。それを受けてのアムレンの発言だった。

彼は続けた。

「オートマタの修理ができるんだから、優秀なんだけどな。それでいいと思っていない。それにたぶん顔の怪我のせいもあると思うんだ」

　ステラは尋ねた。

「顔の怪我、ですか？」アムレンはうなずいた。

「昔、親父《おやじ》との訓練中に事故で顔に怪我をしたんだよ。炎系の魔法をもろに喰《く》らってね。回復系のスクロールなんてほとんどなかったからそのままなんだ。あれを治すには、《エリクサー》くらい強力な魔法じゃないとダメだと思う」

「そうか」俺は続けた。「さすがに《エリクサー》は俺の〈記録〉にないな」

「《エリクサー》ほどじゃなくてもいいんだ。あいつの顔の傷が少しでも良くなるような、そんな薬を手に入れたくてね」アムレンはそうつぶやいて微笑んだ。

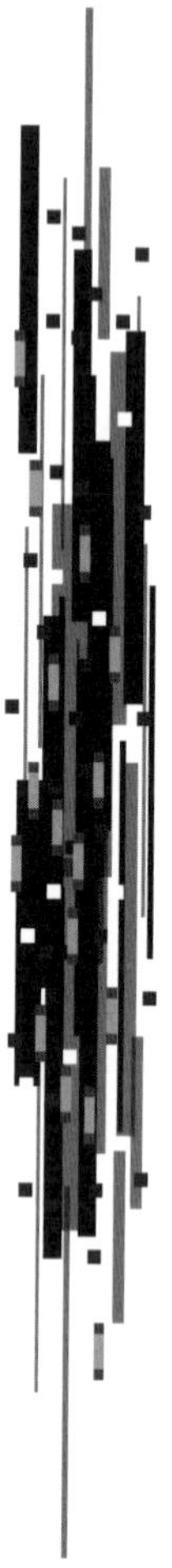

　突然、意識が混濁する。

　僕はまた選択の場に戻される。

　落下する。

　そのとき、突然、男の人の声が聞こえた。

——戻れ。スティーヴン

――ユニークスキル〈記録と読み取り（セーブアンドロード）〉を再起動します。

――強制的に最後にセーブした場所へ戻ります。


――――――――――――――――――ⅧX

日を開く。

最後に〈記録〉したのはいつだろうと思い出す。

そこはダンジョンのような場所で、僕は片手に距離計を持っている。アンジェラが前を歩いている。

そうか、僕は無意識にこの場所を〈記録〉していたのか。

ここは守護者たちの根城に向かう隠し通路。衛生的ではない王都の一区画から降りて、アンジェラに従って歩いてきたところ。

時間的には、いつだ？

僕は思い出す。

瑠璃色の髪の少女との戦闘でレンドールが死に、僕がアンジェラに、ソムニウムに守護者を送るように交渉した後だ。

僕が立ち止まると、アンジェラは不思議そうに振り返った。

「どうしました？」

「〔魔術王の左脚〕がある場所がわかりました。今から取りにいきましょう」

彼女はますます怪訝《けげん》な顔をした。

「え？　それってどういう……？」

「僕は未来から戻ってきたんですよ。スキルを使って」

アンジェラはまだ半信半疑な様子だった。が、僕はとにかく早く〔魔術王の左脚〕を入手してしまいたかった。時間が経《た》てば経つほど、オリビアをさらっていったあの男、アムレンに奪われる可能性が高くなる。今日のうちに手に入れる。明日にはリンダたちが到着するから、合流して、一緒に帰ればいい。

そして、守護者がソムニウムに派遣された後、僕は街を離れる。

それですべて解決するはずだ。

僕は言った。

「僕一人でも入手してきます。アンジェラさんは待っていてください」

僕は振り返って歩き出した。

「ちょっと！　ま、待ってくださいよ!!」

アンジェラは僕の後を追いかけてきた。

エレベーターでアンヌヴンに下りる。二度目だがまだ慣れず、僕は扉に張り付いている。

アンジェラはまだ、訝《いぶか》し気《げ》に僕を見ている。

彼女は言いにくそうに言った。

「あなたが〈記録と読み取り〉というスキルを持っていることは知っています。それに、過去に戻れることも知っています。でも、私は、同時にあなたが『記憶改竄《かいざん》』スキルを持っていることも知っています」

「協力してほしいと言ったのはあなたですよ」僕は手すりをつかんでそう言った。関節が真っ白になるくらい強く握りしめていた。

「ええ、それは……そうです。でも……私はまだ、……ああ……あなたを信じきれていない」

僕は思い出した。そうだ。本当であれば、ロッドに僕の記憶を見てもらって、その正当性を担保してもらう必要があったのだった。僕はその手順をすっ飛ばした。だから、アンジェラは僕を完全には信用しきれていない。

「それに……私は……」アンジェラは自分の手を見た。彼女の手は震えていた。よく見ると顔色も悪かった。時間的にはレンドールが少女に倒された直後だ。ショックからまだ解放されていないのだろう。それに、彼女は不安がっている。それは前回でわかっている。

僕は首を振った。僕が〔魔術王の左脚〕を手に入れて、それをアンジェラに渡せばそれでいいはずだ。守護者が持っていれば安全だろう。

ただ、アンジェラは今後も少女の影におびえ続けるかもしれない。その点だけが気にかかったが、彼女はソムニウムに配属されるはずだ。マーガレットが守ってくれる。

エレベーターはアンヌヴンの中に降りていく。

外の世界はもう暗く、夜のベールに包まれているのに、アンヌヴンでは煌々《こうこう》と疑似的な太陽が光っていて、ここが別の世界なのだと意識させられる。

エレベーターを降りると、ホーンド・ヘアの串焼き屋の露店前を通り過ぎる。アンジェラはそちらをちらりと見て立ち止まったが、すぐに僕についてきた。

「あそこの店おいしいんですよ」アンジェラは言った。

「前回食べましたよ」僕はすたすたと目的の場所に歩いていく。アンジェラは不満そうに唇を尖《とが》らせている。

『ティモシー・ハウエルの車輪』に向かう必要もない。僕は八―三区画に直行し、『トッド・リックマンの盗品店』を探す。すぐにカラフルな蛍光石で彩られた店が見えてくる。

店主のトッドは変わらず、キセルをふかして、僕たちの方をにらんでいる。僕は物怖《ものお》じせず彼に尋ねた。

「オリビアはいますか？」

トッドは顔を背けて煙を吐くと、「中にいるよ」そう言った。この時間なら彼女はここにいるらしい。

僕はアンジェラを振り返らずに店に入っていく。店の中は相変わらず煩雑にものが置かれている。

僕は店の奥に進んだ。

オリビアはとんがり帽子をかぶって、壁に貼られた巨大な《マジックボックス》のスクロールに機械でパスワードを投影していた。

「これも違う。これも違う」オリビアはぶつぶつとつぶやいている。

僕は彼女に声をかけた。

「オリビアさん？」

「何？」彼女は作業を続けながら答えた。「今忙しいの」

「僕も急いでいるんです。あなたが持っているある商品が欲しい」オリビアは機械を動かす手を止めて、僕を見た。

「何？」

「最近、真っ黒な鎧《よろい》の左脚の部分を手に入れましたよね？　仄《ほの》かに光っている質のよさそうなものです」オリビアは目を細めた。

「ええ、確かに仕入れたけど、どうしてそれを知っているの？」僕はこの際、嘘《うそ》をつくことにした。

「僕の持ち物だからです。返してもらえませんか？」そのとき、アンジェラが叫んだ。

「やっぱり、あなた!!」僕はアンジェラの口を塞いだ。今騒がれるのは面倒だった。

オリビアはアンジェラを見て、さらに僕を怪訝そうな顔で見て、それから言った。

「私が手に取った時点で私のもの。返さない。お金を出すっていうなら話は別だけど」

オリビアは意地悪そうに笑って言った。僕は尋ねた。

「いくらですか？　言い値で買いましょう」

オリビアは「ふうん」と言って腕を組むと僕の身なりを観察した。値踏みしているんだろう。

彼女は言った。

「金貨五〇枚」アンジェラが苦しそうだったので、口から手を離すと彼女はせき込みながら言った。

「王都で家が買えますよ」

ぼったくるのは知っていた。たぶんオリビアは僕の身なりを見て、払えないであろう金額を提示したのだ。オリビアは鼻で笑って、作業に戻った。

僕は言った。

「金貨五〇枚ですね？」オリビアは壁に貼られた巨大なスクロールを見ながら言う。

「払えるならね」

僕は《マジックボックス》を『空間転写』して、発動した。

「思ったより、安いですね」

金貨五〇枚を取り出し、オリビアの前にあるテーブルに積み上げる。

アンジェラは驚愕《きょうがく》した。

オリビアも目を剝《む》いて、それから僕を見た。

「あんた、何者？」


僕の《マジックボックス》には大量の金貨と白金貨が入っていた。

『グーニー』のギルドマスター、アレックの《マジックボックス》に入っていたものだ。今僕が使っているのはアレックの《マジックボックス》ではない。

ドロシーに新しく《マジックボックス》のスクロールを書いてもらい、自分でパスワードを記入して（僕は文字を書けないので、文字表をドロシーに作ってもらいそこからランダムに数百の文字を選んで書き込んだ）、新しい《マジックボックス》を作って金貨、白金貨を移した。

僕はそこから金貨五〇枚を引き出した。自分の命がかかっていると考えれば安いものだった。

「これでいいでしょう。早く渡してください」

オリビアは悔しがって小声で毒づいていた。

「何こいつのパスワード!!　長すぎて暗記できなかった!!」

そこで僕は思い出した。そういえばオリビアは人が《マジックボックス》を発動した瞬間を見ればパスワードを読み取れるのだった。

──《墓荒らし》!?　聞き捨てならない！　私は『トレジャー・ハンター』！　それも一流のね！　ランダムにパスワードを探し出すだけじゃない。《マジックボックス》が発動された瞬間を見れば、術式からその人のパスワードを盗み取れるんだから！　訂正して！

こんなことを言っていた。

オリビアはさらに小声で言った。

「こんなポンと出すなんて!!　もっと高くすればよかった!!」僕は彼女を白い目で見た。盗人《ぬすっと》たけだけしいとはまさにこのことだった。そもそもお前のものではないのだ。金を払うだけましだと思え。

……僕のものでもないけど。

「早く出してください」オリビアは僕を悔しそうににらんでいた。

そこにトッドが現れた。

「商売人なら筋を通せ」

あまりに突然現れたので僕はびくっとして振り返った。アンジェラは悲鳴を上げていた。

トッドはそれだけ言うと、定位置である店の前の椅子に戻って、キセルをふかした。

オリビアはテーブルを叩《たた》いた。

「ああ！　もう！　わかった!!」

彼女は羊皮紙を一枚取り出して、《マジックボックス》を『転写』すると僕たちに見えないようにパスワードを書き込んで、発動した。

オリビアは〔魔術王の左脚〕を取り出した。それは本物に間違いないように見えた。エヴァが持っていた〔魔術王の右腕〕によく似ていた。

僕はそれを受け取ると、《マジックボックス》から大きな布を取り出して巻き、外から見えないようにした。

「ありがとうございます」僕はそう言って、布の塊を脇に抱えて、アンジェラとともに店を出た。

「もってけドロボー!!」盗品店から、らしからぬ叫びが聞こえた。

「迷惑かけるのはお互い様、でしょ」

僕はつぶやいた。

エレベーターに乗り込むと、僕は〈魔術王の左脚〉をアンジェラに手渡した。

「魔術師の手に渡らないように、封印してください。それと、ソムニウムに守護者を送ってくださいね」

アンジェラは僕からおずおずと布の塊を受け取って、それから僕を上目遣いで見た。

「あの、……疑っていてすみませんでした」

僕は苦笑した。

「いいんですよ。僕も何も言いませんでしたし。疑われるのも当然です」


僕は安堵《あんど》のため息をついた。これで大丈夫だ。後は明日、リンダたちと合流すればいい。彼女たちがどこに現れるかわからないから、また、『トッド・リックマンの盗品店』の前で待っていよう。

ああ、そうだ。その前に『ティモシー・ハウエルの車輪』に行かなければならないんだった。リンダたちはそこを経由して僕を見つけるはずだ。


前のループと同じようにやれば同じような結果が得られるだろう。


地上に出るともうすっかり夜で、人通りも少なかった。

「それじゃあ、あとはよろしくお願いします」

僕はアンジェラにそう言って、宿を探すことにした。宿はすんなりと見つかって、僕はぐっすりと眠った。すべてが順調に思えた。

翌日。

僕は『トッド・リックマンの盗品店』の前でリンダたちを待っていた。トッドは相変わらずキセルをふかして、店の前を通る人をにらみつけていた。商売人としては悪い癖だった。

だいぶ待って、リンダたちの声が聞こえてきた。

オリビアと見られるハーフエルフの小さな女性の後ろから、リンダとドロシー、それにテリーがついてきていた。

「スティーヴン!!」リンダとドロシーが駆けてきて、僕に抱き着いた。

「心配したにゃ！　『なんだかかんだかの車輪』とか回ってようやく見つけたにゃ!!」

「よかったあ！　ティモシーよティモシー、リンダ」二人はそう言って微笑んでいた。

オリビアは僕を見ると「げっ」と顔を歪めた。

「ドロボー」オリビアはつぶやいた。

「それはあなたでしょう」僕が言うと彼女は頬《ほお》をふくらました。

「守護者から逃げてきたのかにゃ？」リンダは僕に尋ねた。

「まあそんなところです。もう帰れますよ。お騒がせしました」

「まったくにゃ。あいつらのせいで大変だったにゃ」リンダが安心したようにそう言った。

僕たちは地上に戻るためにエレベーターに向かう。ドロシーはオリビアに手を振った。

僕には違和感があった。

何かがおかしい。それが何かわからない。

全部順調なはずだった。後はマーガレットを探して、それで、全員で帰ればいい。

僕たちは地上に出た。

「マーガレットさんを探しましょう」僕が言うと、ドロシーが眉間にしわを寄せた。

「どうしてマーガレットが来ているって知ってるの？」

僕は目をそらした。できることなら伝えずに済ませたい。危険は迫っていない、すべて順調だと彼女たちには思っていてほしかった。

「あの人なら一緒に来ていると思ったんです」僕はそう言った。

「ふうん」ドロシーは、たぶん納得していない。がリンダが口を開いて、彼女は黙った。

「あいつのせいで大変だったにゃ！」

リンダは王都まで来るのにどれだけ大変だったかを語った。その間、テリーは機械を見て、マーガレットの方角を教えてくれた。

僕たちは以前のループで襲われた通りを歩いていた。大丈夫大丈夫。僕は心の中で繰り返した。

オートマタは、降ってこなかった。

僕が空を見上げているので、ドロシーは不思議がって言った。

「ねえ、やっぱり変よ、スティーヴン」

「そうかな」僕はため息をついて言った。

マーガレットは、ふらふらと通りの向こうにある広場を歩いていた。そこは瑠璃色の髪の少女と戦闘をしたあの広場とは別の場所だった。マーガレットは茫然自失《ぼうぜんじしつ》といった様子だった。まるで、ソムニウムからさらわれたばかりの僕のようだった。

僕は彼女に声をかけた。

「マーガレットさん？　大丈夫ですか？」

マーガレットは僕を見て、「ああ、スティーヴンか」と言った後、はっとして、僕の両肩をつかんだ。

「スティーヴン！　探したぞ！」

「え、ええ。ありがとうございます」僕は言って苦笑いした。

「もうとっくにあたしたちが見つけてたにゃ」リンダが目を細めて言った。

「お、そうか。それはよかった」マーガレットは言った。「これからどうするんだ？」

「ソムニウムに戻ります。お騒がせしました」僕が言うと、マーガレットは一瞬びくっとして、それから言った。

「そうか、……わかった」

どこかいつもと違うように見えた。彼女は気分が沈んでいるのか、声に覇気がなかった。いつもの根拠のない自信みたいなものが彼女から失われてしまったような、そんな気がした。

微妙な変化に気づいたのだろうか、リンダは怪訝な顔をしたが何も言わなかった。

僕たちは王都を出ると馬に乗って、《テレポート》ができる場所まで移動し、ソムニウムに転移した。

アンジェラの手を離れた〈魔術王の左脚〉が、王都のとある場所でとある人物に手渡された。
その人物はため息をついて、〈魔術王の左脚〉を眺め、地面に置くと、
装着した。

九章　齟齬と亀裂

ソムニウムに戻った翌日。僕は教会に来ていた。

ドロシーに《テレポート》について聞きたかったからだ。彼女は昼にもかかわらず僕を迎えてくれた。子どもたちはドロシーと遊びたがっていたが、彼女は他のシスターにお願いをして、僕をいつものように屋根裏部屋に連れていった。僕は椅子に座り、彼女に言った。

「王都で《テレポート》ができる魔術師に会ったんだ」

ドロシーは僕の前に座ると、コツコツと机を叩《たた》いてから言った。

「それは王都で死ぬ前？　それとも死んだ後？」

僕ははっとしてドロシーを見た。彼女は僕の反応を見て、ため息をついた。

「ねえ、なんで言わないの？　どうして私たちに相談してくれないの？」

「別に黙ってるつもりはなかったよ」

「嘘《うそ》ばっかり」ドロシーは僕をじっと見た。彼女は自分の座る椅子を僕に近付けると、僕の手を取った。

「相談してくれれば力になってあげられる。でも何も言われなきゃ、何もできないのよ？」

僕はドロシーから視線をそらした。

そんなことはわかっていた。わかっていたが、何もしてくれなくてよかったんだ。

僕はただ、ドロシーに、そしてリンダに、街の人たちに安心してほしいだけだった。

ドロシーは僕の手を強く握った。

「私たちのことが信じられないの？　信用できないの？」彼女の声は震えていた。

「違う!!」僕は強く否定した。

そうじゃないんだ。そうじゃなくて……。

僕はうまくすべてを説明できなかった。どう話しても、どの道を通っても、必ず、彼女たちを不安にさせる種が植わっていて、それが芽吹く可能性があった。

僕はすべてを終わらせた。〈魔術王の左脚〉は守護者が管理してくれる。じきに、アンジェラがソムニウムに来て、この地をマーガレットとともに守ってくれるだろう。

魔術師たちに僕の存在は知られてしまっている。エヴァの敵討ちのためか、邪魔者を排除するためか、理由はどうあれ、奴《やつ》らは僕を殺しに来る。その可能性が十分ある。

僕はここにいてはいけない。

ただそれをドロシーにもリンダにも、誰にも伝えることはできなかった。

僕は黙り込んだ。

ドロシーは僕が話し出すのを待っていたが、しびれを切らしたのか、首を振って、僕から手を放した。

彼女は言った。

「王都で《テレポート》は使えないわ。それは魔術師でも、王都の一級の魔法使いでも不可能よ」

「どうしてそこまで言えるの？」

ドロシーは少し考えてから言った。

「なんて言ったらいいんだろう。《テレポート》ってのは橋を渡るような魔法なのよ。A地点からB地点までかかる橋があって、そこを通ることで、一瞬で移動できる。それが《テレポート》」彼女は手で放物線を描いた。

「で、王都の周辺ではその橋が壁で塞がれていて、通れなくなってるの。壁は遥《はる》か高く、ドーム型に王都を覆っていて、橋を渡って中に入ることを妨げている。で、王都の中には橋が存在しないって感じかな」

ドロシーは小さくうなずいて「この説明で合ってるわね」とつぶやいた。

「新しく橋を作ることはできないの？」僕は尋ねた。

「その技術は失われたわ。よくよく見るといろんな技術が失われているのよ。ドラゴンの時代があって、〈魔術王〉の時代があって、オートマタの時代があって、そのたびに多くの人が死んで、種族が絶滅して、技術が滅んできたのよね。アンヌヴンではかなり発達した技術がたくさんあるけど、たぶんその多くは原理が未解明のまま使われていると思うわ」

ドロシーは首を横に振った。

「ああ、話がそれたわね。うん。だから結論から言うと、そうなのよ。王都で《テレポート》は使えない」

「じゃあ、どうやって……」

ドロシーは呆《あき》れたように言った。

「さあ、わからないわ。あなた、未来のことについて話してくれなそうだし。情報が少なすぎるもの」

僕は「うっ」と口ごもってうなだれた。


ギルドに戻るとマーガレットに呼び出された。彼女は王都から戻ってきた昨日からずっと気分が沈んでいるように見えた。

「大丈夫ですか？」僕が声をかけると彼女は黙ってうなずいた。

しばらくして彼女は言った。

「少し場所を移したい。いいか？」

僕はうなずいた。

僕たちはギルドを出て、街の外に向かった。マーガレットはずっと黙っていた。下唇を噛《か》んで、苦しそうに地面を見つめていた。街の外に出てしばらく歩くと彼女は立ち止まった。そこは僕がレンドールとアンジェラの二人にドラゴンの首輪をつけられた場所だった。

「どうかしたんですか？」僕はマーガレットに尋ねた。彼女はしばらく黙っていたが、ふいに口を開いた。

「私はこの街にいることができない。ここから出ていかなければならない」

「え？」

僕は混乱した。そして困惑した。彼女に出ていかれるのは困る。

僕が出ていくんだから。

守護者がこの街を守ってくれるとはいえ、それだけでは心もとないのはわかっていた。現にティンバーグは守護者の守りがあっても、破壊されてしまった。

僕が出ていけるのは、マーガレットの存在があってこそだった。

「ちょっと待ってください！　どうして!?」

「それは……」彼女は口ごもった。が、大きく深呼吸して、言った。

「私が〔魔術王〕の血族で、魔術師だからだ」

彼女が何を言っているのか理解できなかった。僕は言った。

「詳しく話してもらえますか？」

マーガレットは大きく息を吐いて言った。

「はじめは、君に記憶を整理してもらったときだった。私はある記憶を思い出した。それは私の家族が殺される記憶で、殺した人間はアムレンといった」

アムレンという名前に僕は反応したが、もしかしたらただの同名かもしれないと聞き流した。彼女は続けた。

「私はその記憶が気になった。どうして私の家族が殺されなければならなかったのか。アムレンとは何者なのか知りたかった。私はブラムウェルに会いにいき、彼から王都にいる女性に会えと言われた。私は躊躇《ちゅうちょ》した。王都に行くか迷った。そこで君が王都にさらわれた」

マーガレットは僕の目を見た。

「君を真剣に探すつもりだった。ただ、王都に向かう途中に夢を見たんだ。それは忘れていた記憶だった。私は、祖父や母親に、魔術師として立派になるように、と言われていた。私は私が信じられなくなった。私の記憶は本物ではないと思いたかった。ただ、それはありえないとわかっていた。君に記憶を整理してもらったのだから」

マーガレットは下唇を噛んでうつむいた。

「私は真実を知る必要があった。この夢がただの夢だと思いたかった。それまで君には会えないと思った。私は王都でブラムウェルに紹介された女性に会った。彼女から、アムレンは守護者だったと教えられた。そこで私の見た夢はますます真実味《しんじつみ》を帯びてきた」

マーガレットはうつろな目で笑った。

「その女性はアムレンのいる場所を知らなかった。だが私は運よく彼のいる場所を知る少女に会うことができた。彼女に連れられて、私は王都でアムレンと会った。私は彼に尋ねた。どうして私の家族を殺したのか。それは私の家族が、そして私が、魔術師だからか、と。彼は言った。『ワーズ

ワース家は、〈魔術王〉の血族だ』と。私が見た夢はもっとひどい形で真実になってしまった」

マーガレットは両手で顔を覆い、すすり泣いた。彼女はしばらくそうしていたが、涙を拭い、言った。

「すまない。……だから、私はこの街にいることができない。私は、……君たちの敵だ」

彼女は目を赤くして僕を見た。

「私は、独りだ……」

彼女は僕をじっと見ていた。その眼《め》には小さな少女の名残があった。まるで手を伸ばして助けを求めるような姿が見えた。ただ、僕はその手を取ることができない。


僕は混乱していた。尋ねなければならないことがあった。


「一つ確認していいですか？」

「なんだ？」マーガレットは怯《おび》えたように言った。

「その少女は、瑠璃色の髪で、赤白のリボンをつけていましたか？」

マーガレットは眉間にしわを寄せた。予想に反した質問だったからだろう。

「ああ、そうだ。デイジーという子だが、どうしてそれを？」

僕は髪を掻《か》き上《あ》げた。そしてそのままぐしゃぐしゃにした。

「え？　……え？」

どういうことだ？

彼女の言っているアムレンは僕の知っているアムレンと同一人物だ。
つまり、
「アムレンは、魔術師ですよね!?」僕はマーガレットに尋ねた。
マーガレットは眉間にしわを寄せて、首を横に振った。
「違う、守護者だ。誤解している」
マーガレットは言った。彼女は何を言っているんだといった顔をした。
何かがおかしい。

すべては順調にいっているように見えた。
だが、どこかにほころびがあるようにも思えた。

すべては些細《ささい》なことだ。
アンジェラが僕を信用しないままアンヌヴンに降りたことも、
オリビアが僕をドロボーと呼んだことも、
そして、僕がリンダたちと合流したときにアムレンが現れなかったことも。
すべては些細なことだと思っていた。

……どうしてアムレンは現れなかった?

同じ時間に、すべての人が同じ場所にいるはずだった。

現に、リンダも、ドロシーも、テリーも、オリビアも、同じ時間に現れた。

だが、そこにアムレンは現れなかった。

アムレンは〔魔術王の左脚〕を取り戻そうとしていた。彼はあの瞬間、《墓荒らし》であるオリビアを探しにアンヌヴンに降りてくるはずだった。

だが実際は違う。彼は探しに来なかった。

なぜ？

マーガレットの言うように、アムレンが守護者であれば、説明がつく。〔魔術王の左脚〕は守護者が保管する。アムレンは《墓荒らし》を探す必要がなくなった。だからアンヌヴンに降りてくる必要もなくなった。

つじつまが合うように見える。しかし、ではどうしてアムレンは前回のループで〔魔術王の左脚〕を装着し、王都を襲ったんだ？

その行動ははっきりと彼が魔術師だと言っているようなものだ。


僕は最善の行動を取ったと思っていた。不明な点が多くあっても、〔魔術王の左脚〕を手に入れる、ただその一点にのみ注力すればいいと思っていた。その考えからいけば、アムレンが魔術師か守護者かなんてどうでもいいだろう。

でも違う、のか？

僕は何かを間違えた？

何かがおかしい。

そのときだった。街の方から大きな音がした。

「何の音だ」マーガレットが振り返る。見ると土煙が上がっている。

僕はマーガレットと視線を合わせた。

彼女の手を取って、僕は、街に転移した。

街に転移すると人々がどよめいていた。ギルドから冒険者たちが出てきて、煙の方を見ていた。

その方角には、教会があるはずだった。

「ドロシー……」

僕はつぶやいて、すぐに、教会へと転移した。

教会は、崩れていた。鼓動が早くなる。

ドロシーは?

「スティーヴン!!」ドロシーが叫んだ。彼女は外に出ていて、子どもたちも一緒だった。

「無事だったのか」僕はため息をついた。

「ええ。他のシスターも大丈夫。屋根が壊される音がして、不審に思って外に出たのよ。そしたらみるみるうちに破壊されて」

「どうしてこんなことに」僕が言うとドロシーが指さした。

その人物は宙に浮かんでいて、僕たちを見下ろしていた。ローブを来て、深くフードをかぶっていた。既視感。僕はその姿を王都で見たことがある。それは死の瞬間、突然襲ってきたオートマタを倒して空を見上げたまさにその瞬間と酷似している。

マーガレットが遅れてやってきて、その人物を見上げた。

「アムレン」彼女はそう言った。

そうだ、彼だ。爆音、土煙、悲鳴。まったく同じ光景が、王都ではなく、ソムニウムで再現されてしまっている。彼のローブのはためき。僕は呼吸を止める。心臓が驚愕《きょうがく》と恐怖で委縮する。すべてが再現されている。僕は目を見開いた。

そこには〈魔術王の左脚〉があった。

「どうして？」

どうして彼が〈魔術王の左脚〉を持っている？

あれは守護者たちに渡したはずだ。

いや、違う。

厳密には僕はアンジェラに渡した。

彼女が裏切ったのか？

かすかに感じていたほころびが徐々に大きくなっていくのを感じた。

僕が狼狽《ろうばい》しているうちにローブの男はゆっくりと降りてきて、教会の瓦礫《がれき》の上に降り立った。彼は腕を振った。〔魔術王の左脚〕が光を帯びて、ダヴェド文字が螺旋状に現れる。

魔法が発動する。光の輪が、教会跡地を覆うように出現して、ふっと消える。

山になっていた瓦礫が一瞬浮遊して、即座に塵《ちり》と化して消えた。

教会は更地になってしまった。

ローブの男は〔魔術王の右腕〕を封印している装置のそばによると、左脚でそれを踏みつけた。

一瞬、魔法壁のようなドーム型のバリアが装置を覆い、抵抗したように見えたが、装置はあっけなく砕けた。まだ〔魔術王の右腕〕には到達していない。

僕は叫んだ。

「封印されている〔右腕〕を奪おうとしてる！」

ドロシーは言った。

「でもあれは、封印されているのよ？　エヴァだって十年に一度のあの日にしか解除できなかったのに？」

僕は言いよどんでから言った。

「わからない。わからないけど、〔魔術王〕の一部が持っている力は規格外なんだ。あれの魔法は《アンチマジック》でも消すことができない」

ドロシーはそれを聞くと、驚愕した。

「なんですって!!　どうしてそれを言わないの!?」

僕は首を横に振った。今は言い争っている暇はない。

「ドロシー、みんなを逃がすんだ。ここは……何とかする」ドロシーはもどかしそうに何かを言いかけたが、僕と子どもたちを交互に見てから、声に出した。

「わかったわ」

ドロシーが避難指示をする中、僕はうつむいていた。すべては順調にいっているように見えた。

それは僕がそう思っていただけだった。

僕が勝手にそう思って、誰にも言わず、勝手に行動して、勝手に終わらせただけだった。

事実、どうだ？

僕はローブの男を見た。

彼が何をしようとしているか知った冒険者たちが、彼に攻撃を仕掛けている。が、その攻撃は無意味だ。矢も、剣も、彼の作った魔法壁によって跳ね返されてしまう。魔法もすべて、光の輪の段階で消されてしまう。

そして、彼の魔法は《アンチマジック》で消すことができない。

マーガレットは混乱していた。

「アムレンは守護者だ……。どうしてあれをつけている？　どうして教会を破壊している？」

ローブの男は左脚をまた上げる。封印を解かれ、無防備になった地面を、装着した〈魔術王の左脚〉で、思いきり踏んだ。

地面に大きな亀裂が入る。

僕たちは後ずさる。

放射状に伸びていた亀裂が、時空が歪んだように、ひねられ、渦を巻いたような模様に変わる。

亀裂が一点に収縮する。

〈魔術王の左脚〉の直下に真っ黒な球体が出現して、地面を、穿《うが》った。

ローブの男はふらりとよろける。

穿たれた地面から、封印されていたはずの〈魔術王の右腕〉が飛び出して、宙に浮かんだ。

ローブの男はそれを手にした。

僕はそれをただ見ていた。そうすることしかできなかった。

恐怖していたわけではない。僕は僕の過《あやま》ちと、そこから来る罪悪感に苛《さいな》まれていた。

僕は今まですべて勝手に、それでいいと思って、誰にも言わずにやってしまった。

その結果がこれだ。

僕は間違えた。多くのことを間違えた。

それは僕のせいだった。

ローブの男は満足したように〈魔術王の右腕〉を見る。

彼は顔を上げて、こちらを見た。

彼は何かに気がついた。

ローブの男の顔が歪む。そこに現れたのはかすかな怒りの表情だった。

〈魔術王の左脚〉が赤く光る。

光の輪がいくつも出現する。

そして、僕を殺したあの真っ黒な槍《やり》が出現した。

槍の周りには陽炎《かげろう》のように光を屈折する透明な紫色の帯が何本もあって、ふわりと漂っていたかと思うと瞬時に槍にまとわりついた。

「逃げろ!!」マーガレットが叫んだ。

冒険者たちは《テレポート》のスクロールを使い、逃げる。

何人かの冒険者が逃げ遅れている。僕は焦る。あの槍は地面に刺さった後も近くにいる人間を殺す。

僕はそこで思い出した。あの槍は地面に刺さっていた。

物理的に反射できるのではないか?

僕は魔法壁を多重展開した。

槍が飛ぶ。

その槍は僕の方に飛んでくるとばかり思っていた。

彼が敵対視しているのは僕だとばかり思っていた。

でも違った。

その穂先は、マーガレットに向かっていた。

アムレンはマーガレットの家族を殺した。おそらくその生き残りである彼女を殺そうとしている。

僕はそう思った。

とっさに、僕は魔法壁を彼女の前にさらに追加した。

真っ黒な槍が魔法壁に衝突する。

槍は、反射されなかった。衝突した瞬間、紫色の帯が緩んで、そして、もう一度黒い槍にまとわりついた。槍が回転する。

魔法壁が、破壊される。

僕はマーガレットを突き飛ばした。マーガレットが驚いて僕を見ている。
すべては僕の過ちだと、そう思った瞬間、
槍が僕の頭をつぶした。

――――――――――――――――――――――――――――――ⅩⅢ

声がする。

ただ、その声は、壊れていた。

――繝ｦ繝九?繧ｯ繧ｹ繧ｭ繝ｫ繝溘そ繝ｼ繝悶い繝ｳ繝峨Ο繝ｼ繝峨?峨ｒ逋ｺ蜍輔@縺ｾ縺吶?

――謠?蠕後↓繧ｻ繝ｼ繝悶@縺溷?ｴ謇?縺ｸ謌ｻ繧翫∪縺吶?

――繧医ｍ縺励〒縺吶°。？

僕は「ＮＯ」と言った。

――蜿苓ｫｾ縺励∪縺励◆縲

——繧ケ繝ュ繝?ヨ縺ョ驕ケ謚槭 ← 遘サ繧翫∪縺吶?


目の前にスロットが表示される。ただ、何かがおかしかった。僕はスロットの一つを選択した。

それは壊れていた。どのスロットも、ザザザという雑音と真っ暗なイメージしか浮かばない。

すべてのスロットが、同じように雑音と暗闇に包まれていた。


僕は頭を抱えた。

十章　過去と真実

はっと目を開くと、僕はまた、『俺』の中にいる。

アムレンが隣を歩いている。

「コンプレックスの強い弟なんだ」

アムレンは街を歩きながら言った。

——これは前と同じ場面だ。

僕はそう思った。


俺たちはオートマタの修理を待つ間、街の観光をしていた。アムレンの弟は外に出るのを嫌がった。それを受けてのアムレンの発言だった。彼は続けた。

「オートマタの修理ができるんだから、優秀なんだけどな。それでいいと思っていない。それにたぶん顔の怪我《けが》のせいもあると思うんだ」

「顔の怪我、ですか？」ステラは尋ねた。

アムレンはうなずいた。

「昔、親父《おやじ》との訓練中に事故で顔に怪我をしたんだよ。炎系の魔法をもろに喰《く》らってね。回復系のスクロールなんてほとんどなかったからそのままなんだ。あれを治すには、《エリクサー》くらい強力な魔法じゃないとダメだと思う」

「そうか」俺は続けた。「さすがに《エリクサー》は俺の〈記録〉にないな」

「《エリクサー》ほどじゃなくてもいいんだ。あいつの顔の傷が少しでも良くなるような、そんな薬を手に入れたくてね」アムレンはそうつぶやいて微笑《ほほえ》んだ。「ようやく手に入れたよ」

彼はバッグからガラスの入れ物を取り出した。その中身は緑色の液体で、ドロッとしていた。おそらく皮膚に塗布して使うのだろう。

「薬売りのばあさん、腕は確かだっていうから、たぶん、大丈夫だろう」

アムレンは薬をバッグにしまうと言った。

「どうして昨日渡さなかったんですか？」ステラが尋ねた。アムレンは苦笑いして言った。

「あー、修理の代金として渡した方がいいと思ったんだ」

彼は歯切れ悪くそう言った。ステラはにこりと微笑んで言った。

「照れくさいんですね？」

アムレンは「うっ」と呻《うめ》いた。

「プレゼントですもんね。照れくさいですよね」ステラは彼をからかった。

「うるせえ。笑うな、ステラ」アムレンは顔を赤くしてそう言った。


その夜、工房に戻ると、アムレンの弟が椅子に座って待っていた。彼は相変わらず、ゴーグルのついた仮面をつけていた。彼の前にある大きな作業台の上にはオートマタがのっていた。腕も脚もしっかりと付いた、綺麗《きれい》なオートマタだった。髪はなくつるんとした頭の下には幼い顔があり、目を閉じていた。

「おかえり、なんとかなったよ」

アムレンの弟はそう言った。彼はオートマタの体に手を置いて、少し長めの詠唱をした。

オートマタが目を開いた。

口をパクパクと動かしているが、声が聞こえない。

「ああごめん。君にはまだ声を出す部品をつけていないんだ」

アムレンの弟の言葉にオートマタは目をパチクリさせて、そしてうなずいた。

彼はオートマタを停止させると、アムレンに言った。

「ちゃんと動くようになるまでにはもう少し時間が欲しい」

アムレンは小さくうなずいた。

「そうか、わかった」

そのとき、ステラがアムレンの背をつついた。

「はら、あれを渡さないと」ステラは意地悪そうな笑みを浮かべてそう言った。

アムレンは固まった。しばらくそうしていたが、意を決したのか、彼はバッグから薬を取り出して、弟に手渡した。

「何これ？」弟は尋ねた。

「薬だ。皮膚を治してくれる。その火傷痕《やけど》だと外に出るとき不便だろ？」

アムレンは照れくさそうに視線をそらして言った。

『ありがとう。使ってみるよ」彼の弟はそう言って、僕らに顔を見せないように向こうを向いて、仮面を外し、薬を顔に塗布した。

「ん？」薬を塗った彼は不思議そうに首を傾《かし》げて、頰《ほお》を触っていた。彼はあたりを見回して、金属片を見つけると、それに自分の顔を映した。彼の呼吸は震えていた。

「すごい、すごいよ兄さん」

アムレンは笑みを浮かべてステラを見て、それから弟に近付いた。

「どうなった？」

彼の弟は金属片を落とすと、アムレンを制した。

「あ、目の周りだけおかしいままだから見ないで！」アムレンの陰になって俺からは彼の顔が見えない。

弟の顔を見て、アムレンは驚きの声を上げた。

「目以外は元通りじゃないか！　それに目だって、少し痕が残ってるだけだ」

俺は少し移動して、アムレンの弟の顔を見た。


俺の中で、僕は、絶句した。

アムレンの弟は、アムレンそっくりだった。

そっくりなんてものではない、全く同じ造形の顔が二つ並んでいる。


ステラが驚いて言った。

「双子だったんですか!?」

アムレンが涙ぐんだまま言った。

「ああ、そうだ。俺たちは双子だよ。言ってなかったか？」

ステラも俺も首を振った。

アムレンは小さく息を吐いて、「よかった」とつぶやいた。

アムレンの弟は髪を縛っていた布をほどいた。長い黒髪が絹のように光って揺れた。

「目の周りが気になるから布を巻いておくよ」

彼はそう言って、目の周りに布を巻いた。

僕は戦慄した。

アムレンの弟は両手を広げた。

「ありがとう、兄さん」

その右手には「XI」の焼き印がされていた。今見て気づいた。それは焼き印ではなく、工房で金属を加工するときにつけた深い火傷の痕だった。目のまわりと同じく、薬で治らなかったのだろう。

同様に彼の左手に「I」に見える火傷の痕があるのに気づいた。

アムレンは弟と抱擁を交わした。

「治ってよかったよ、ロッド」

アンジェラの上司、守護者であるロッドは、アムレンの双子の弟だった。

僕はマーガレットとの会話を思い出していた。

――アムレンは、魔術師ですよね!?

――違う、守護者だ。誤解している。


どちらが正しいのかこれをもってわからなくなってしまった。

アムレンはロッドの兄だ。そしてロッドは守護者だ。

ロッドはスキル『記憶改竄《かいざん》』を持っていない。これはアンジェラのスキルからわかっている。

そして同様に、アンジェラのスキルからアムレンがスキル『記憶改竄』を持っていることがわかっている。

二人はどこかのタイミングで仲たがいをするのか？

二人は違う道を歩むのかもしれない。

アムレンは魔術師として、ロッドは守護者としての道を歩む。

そのきっかけになる事件があるはずだ。


僕はまた、俺に潜っていった。


目を開くと酒場だった。アムレンが向かいにいる。ステラの姿は見えなかった。

アムレンはひどく酔っていた。それもかなり悪酔いしていた。

「お前は行かなくてもいい」俺はアムレンに声をかけた。が、彼は首を横に振った。

「いや、俺がやらなければダメだ」彼は両手で顔を覆った。「信じていた俺が悪い」

俺は首を横に振った。

「親なら誰だって信じるだろ。それにもう何世代も前に魔術師と決別して、隠れて暮らしてきたんだ。こうなるなんて思いもつかない」

アムレンはため息をついて首を振り、両手をテーブルに載せた。

「うすうす、感づいてはいたんだ。ロッドも気づいていただろう。親父は魔術師に戻りたがっているって。たぶんそれは、俺が、〈魔術王〉の力を受け継いでいるからだ。親父は、俺の力をひどく喜んでいたよ。表には出さなかったがな。俺は娘から離れて過ごしてきた。魔術師たちに感づかれないようにするためだ。なのに、クソ親父……」

アムレンは両手を握りしめた。

「裏切りは、許されない。親父が生きていれば、この先、不幸になるのは目に見えている。俺がやらなければダメなんだ」

彼は紫色の目で俺を見た。

俺は小さくうなずいた。


僕の意識が飛んで、また引き戻される。

夜だった。そこは辺境の街で、俺がいるのは城だった。

俺とアムレンは一人の男の前に立っている。男は剣を構えてこちらをにらむ。

「アムレン。どうしてこんなことを」

アムレンは兜《かぶと》の下からくぐもった声で言った。

「あんたが、俺たちを裏切ったからだよ、親父」

アムレンの父はふっと笑った。

「お前の力は本物だ。〈魔術王〉様の力を引き継いだ、真の血族だ。お前の力があれば、魔術師の中で地位を築くことができる。こんな辺境の貴族ではなく、もっと強力な力を手にできる!!」

彼の目は濁っていた。心もきっと濁っている。

アムレンは言った。

「欲に溺れたな。俺がどんな思いで娘から離れて過ごしているかわからないのか？　俺は魔術師に目をつけられている。奴《やつ》らは俺が〈魔術王〉の力を持っていると知っている。魔術師たちは俺の力を求めている。おそらく、一緒にいれば娘にも危険が迫るだろう。そう言っただろ？」

アムレンの父は不敵な笑みを浮かべて言った。

「そう思っているのはお前だけだ。お前の妻も、私の言葉に同意してくれたよ。お前の娘はもっと強力で、確固たる地位を手に入れる。あの子は〈魔術王〉になるんだよ」

アムレンは舌打ちした。もうこれ以上議論の余地はないように思えた。

「離れていてくれ。こんな場面は見せたくない」

アムレンが言うので、俺は転移した。

城の最も高い場所に着く。

街では火の手が上がっている。城の中にいた人間は皆外へと逃げていったようだ。

俺はテラスに出て、庭を見下ろした。


アムレンが父親を剣で突き刺した。おそらくそう長くはないだろう。

そこに母と娘が逃げてくる。アムレンの妻と娘だろう。二人は空色の髪をしていた。アムレンは二人の姿を見た。

妻が立ち止まり、娘の肩をつかむ。

アムレンが兜を外した。彼の妻がその顔を見てはっとする。すべてに気づいたのだろう。

アムレンの後ろに倒れている人物を見て、娘は目を見開いて叫んだ。

「お祖父様《じいさま》！」

城から上がる火の手であたりは照らされていた。石畳はアムレンの父の血で濡《ぬ》れていた。彼は声に反応して、力を振り絞って顔を上げた。

「逃げろ！　マーガレット！」アムレンの父は血を噴きながら叫んだ。

アムレンが、剣を振り上げた。

「やめて!!」マーガレットは叫んだが、無情にも剣は振り下ろされ、アムレンの父の首が飛んだ。

マーガレットは叫び、母の腕の中で暴れた。

アムレンは剣を振って血を飛ばすと、マーガレットをにらんだ。

アムレンの妻が、マーガレットの腕をつかんで走り出した。が、アムレンの速度から逃れることはできない。彼は一瞬で妻の前に移動して、逃げ場をなくした。

アムレンの妻はマーガレットを突き飛ばした。

「逃げなさい！」

アムレンに妻が何かを言った。その瞬間、城で大きな爆発があった。

アムレンが動く。

胸を貫く。彼の妻は血を吐いた。


マーガレットはアムレンをにらむ。

彼女は祖父の倒れていた場所まで走り、祖父の手から剣をとった。マーガレットはアムレンと向き合った。

アムレンの妻が倒れる。

マーガレットはうなり声を上げて、駆け出した。その瞬間、体が加速して、アムレンに迫った。

彼は少しだけ驚いていたが、剣を軽く振っただけでマーガレットをいなした。マーガレットは地面に突っ伏した。

アムレンはマーガレットの手を蹴って剣を飛ばすと、彼女の首をつかんで持ち上げた。

マーガレットは腕に爪を立ててもがいた。鎧《よろい》に引っかかった爪がはがれる。

アムレンはマーガレットをいとおし気に見つめると、言った。

「俺の名はアムレン。生きて俺を探しにこい。次に会うときは敵か味方かわからないが」

アムレンは父親の首をはね、妻を殺した。俺はその現場に《テレポート》した。

彼は娘を抱き上げた。娘は意識を失っていた。

そこにステラが《テレポート》してきた。彼女は状況を確認すると小さく息を吐き出した。

「終わりましたか？」

「ああ、すべて完了した」アムレンは娘をステラに預けた。彼は娘の頭を撫《な》でた。

「行ってくれ。これ以上一緒にいるのは辛すぎる」アムレンは顔を背けた。

「わかりました」ステラはそう言うと、スクロールを取り出して、《テレポート》した。

アムレンは崩れるように膝をついて、
咆哮《ほうこう》した。


俺とアムレンはロッドの工房に来ていた。

ロッドは髪を結んでいたが、以前のように仮面をつけてはいなかった。ゴーグルはつけていたが。

ロッドはアムレンの話を聞いて、深くため息をついた。アムレンは彼には何も言わずに今回の作戦を実行に移したようだった。

ロッドは言った。

「そうか……父さんが……」彼はアムレンの肩に触れて言った。「辛い役目を押しつけてごめん」

アムレンは首を振った。

「いや、いいんだ。親父がすべて悪かったんだ。それに嫁も。あいつらは結局、欲に溺れていただけだった」

アムレンは深くため息をついた。

沈黙が流れる。

ロッドは突然立ち上がり、作業台の上に載っていたものに触れた。それは布がかかっていて俺の場所からは何かわからなかった。たぶん、オートマタだろうと思われた。

ロッドは詠唱をして、それを起動した。

「あー、あー、起きた!!」

そんな少女の声が聞こえた。

作業台の上に載っていたそれは起き上がり、体に布を巻きつけて、地面に降りて言った。

「起きたよ、ご主人様」彼女はロッドにそう言った。

オートマタは黒く長い髪をしていた。大きな目が印象的だった。

「今度からご主人様はあの人だよ」

少女のオートマタは振り返って、アムレンを見た。

「おんなじ顔だよ？」

「そうだよ、双子の兄なんだ」アムレンは微笑んでそう言った。

オートマタはアムレンの目の前まで歩いてきた。その動きは人間そのもので、俺は驚いて言った。

「ほんとにオートマタか？」

「もとのパーツが素晴らしく高性能なので、ほとんど人間と変わらない見た目ですよね」

ロッドはそう言うと思い出したようにアムレンに言った。

「高性能だからなるべく多く魔石をあげてほしい。オートマタは魔石で動くから。それと魔法を使うと極端に消費するから注意して」アムレンはうなずく。

「こんにちは！」オートマタの少女は言った。

「名前はなんていうんだ？」アムレンが尋ねると、少女は首を傾《かし》げた。

ロッドが「ああ」と言った。

「まだつけてないんだ。兄さんがつけなよ」

アムレンはふっと微笑んで、それから言った。

「お前の名前はデイジーだ」

デイジーは何度か自分の名前をつぶやいて、それから尋ねた。

「どういう意味？」

アムレンは言った。

「花の名前だよ。マーガレットとかと一緒だ」

「そっか。お花か。ありがとう！　ご主人様！」デイジーは微笑んでアムレンに抱き着いた。

アムレンは小さく息を吐いて、彼女の背中を撫でた。

「ロッド。この子の髪の色を青系にしてくれないか？　できれば空色がいい」

ロッドははっとして、それから、デイジーに近付いて詠唱をした。

髪が瑠璃色になる。

「このくらいしかできないや」ロッドは言った。

「ああ、わかった。ありがとう」アムレンはデイジーの頭を撫でた。

「ご主人様の名前は？」デイジーは体を少し離して尋ねた。

「アムレンだ。アムレン・ワーズワース」

意識が遠のく。

アムレンはマーガレットの父親!?

瑠璃色の髪の少女はオートマタだったのか!!

いろいろなものがわかるにつれて、こんがらがってきた。

僕の頭ではすべてを理解できそうになかった。

——相談してくれれば力になってあげられる。でも何も言われなきゃ、何もできないのよ？

ドロシーの言葉が胸に突き刺さった。
彼女たちを巻き込んでしまうかもしれない。
けれど、話さなければもっとひどい結果になる。
それは身に染みてわかった。
「相談する。弱音も吐く。みんなを頼るよ」
僕はつぶやいた。
そのとき、また、僕は落ちていって、『俺』の中で目を覚ました。

時間は、いつだろう。わからない。
俺は家にいる。暖かい日差しが窓から降り注ぐ。
なんだか懐かしさを感じる場所だった。
俺はそわそわとして、つま先を鳴らしている。
そのとき、赤ん坊の泣き声が聞こえた。
俺ははっとして立ち上がり、ドアに張り付いた。

しばらくするとドアが開いて、産婆がにっこりと微笑んだ。

「元気な男の子ですよ」

ベッドに駆け寄って、生まれたばかりの赤ん坊を見て、それから、産後の疲れで深く息をしている女性にキスをした。

「元気に生まれてくれたわよ、あなた」

俺は妻に言った。

「ああ、よかった。頑張ったよ。ありがとう」

妻は微笑んだ。

俺は赤ん坊の小さな手に指を伸ばした。赤ん坊は俺の人差し指をぎゅっと握りしめた。

俺が驚いた顔をすると、妻は「あはは」と笑った。

「名前、決まった？」妻は俺に言った。

「ああ、もうずいぶん前から決めてある」


俺は赤ん坊を見つめて言った。

「スティーヴン」


僕は驚いて部屋の様子を思い出した。

そこは懐かしさを感じる場所だった。

見慣れた場所だった。

僕は叫んだ。

「父さん!!」

僕の意識は遠のいて、
選択の場に戻された。

真っ暗な世界に僕はいる。ここは選択の場だ。
声がする。

——**スティーヴン**

それは、俺の声、つまり、僕の父さんの声だった。
「父さん！　あれは、父さんの〈記録〉のスロットなの!?」
僕は尋ねたが、父さんは答えなかった。

——時間がないから手短に話す。〈魔術王〉の一部の攻撃で死ぬと〈記録と読み取り〉は正常に機能しなくなる。お前はもう二度死んでいる。次は、正常に回復できるか保証はない。

僕は焦った。僕には聞きたいことがあった。

「父さんは〈魔術王〉の一部のせいで死んだの？」

——違うが、近い。そのせいで俺はここに取り残されてしまった。

父さんは続けた。

——戻れ、スティーヴン。このループからはまだ逃れられる。

雑音が入る。

——ユニークスキル〈記録と読み取り（セーブアンドロード）〉を再起動します。

——チャンスはあと一度きりだ。……仲間を頼るんだぞ。

父さんの声が消えた。

――強制的に最後にセーブした場所へ戻ります。

――スロットの読み込みに失敗しました。

――ひとつ前のスロットを読み込みます。

――――――――――――――――XIII

「……スティーヴン。スティーヴン！」

はっとして顔を上げる。上司のグレッグがそばに立っていた。彼は髭《ひげ》を触り、ため息をつく。

「今日はもう終わりだ」

僕はあたりを見回した。ここは、『シャングリラ』の写本室。僕はマップを作成している。

すべてが始まる前だ。

「どうした？」グレッグが僕に尋ねた。

「あ……ああ、すみません」

時計を見るとすでに二十二時を回っていた。スクロール係は皆すでに帰宅したようだった。僕は強く目をつぶった。かなり疲れている。

僕は作成したマップをまとめた。すでにインクは乾いていた。マップを片付けているとグレッグは言った。

「スティーヴン、君は働きすぎだ。最近特にひどくなっている」

「確かに、そうかもしれません」僕はマップをしまうと自分の肩をもんだ。筋肉が張って硬くなっている。

「金が足りないのか？」

僕は苦笑いをして首を振った。

「いえ、そういうわけでは……」

「じゃあ何か悩みでも？」グレッグは近くの椅子を持ってきて隣に座った。

「いえ、大丈夫です。悩みがあれば話します」僕は微笑んで言った。

グレッグは一瞬はっとして、それから怪訝《けげん》な顔をした。彼は椅子の背もたれに体を預け、手のひらを伸ばして指の関節を鳴らした。

「無理に話してくれなくてもいい。ただ、悩みがあるならいつでも聞こう。それはおそらくギルドマスターも、リンダもそうだ。君の周りの人間は誰もが君の悩みを聞いてくれる」そう言ってグレッグは一度言葉を切って、続けた。「そう言おうと思ったが、どうやらそれはわかっているようだな」

僕はうなずいてから言った。

「失敗して身に沁《し》みました」

グレッグは笑みを浮かべた。

「そうか。倒れても立ち上がればいい。若者なんだから」彼は立ち上がり、蛍光石のランプを持ち上げた。

僕は以前の彼の言葉を思い出して笑った。

――私は君が倒れてしまうのではないかと心配だよ。

グレッグは、以前はそう言っていた。

「何かおかしいことを言ったかな？」グレッグの言葉に僕は首を横に振った。

彼は首を傾げて言った。

「鍵を締めよう。忘れ物はないかな？」

「はい」僕はグレッグについていき、写本係の部屋を出た。


ギルドを出た僕は教会の前にやってきた。屋根裏部屋の窓から明かりが漏れている。ドロシーはまだ起きている。

ドロシーが窓から顔を出して僕を見つけた。屋根裏部屋から明かりが消えて、コトコトと歩く音がして、鍵が開き、教会のドアが開いた。

『遅かったわね』ドロシーはランプを揺らして言った。

「うん。ここまでたどり着くのにずいぶんかかったよ」

「なにそれ」ドロシーは笑って、僕を招き入れた。

十二章　愚者と道標

ドロシーは食事を持ってきて僕の前に置くと、向かいの席に座った。僕はドロシーをじっと見た。失敗したあのループを思い出していた。僕の悪夢。エヴァによって街を破壊されたあのループだ。ドロシーは死にに行く僕に縋《すが》りついて、泣いて、キスをした。

今でも彼女の泣く声が耳に残っている。

「なに？　恥ずかしいじゃない」ドロシーは小さく笑って、少し顔を赤くしたが、目はそらさなかった。

僕は恐れている。彼女を巻き込むことを、街を巻き込むことを恐れている。

だからそれを伝える。

もう一人で勝手に抱え込んで、勝手に終わらせないように。

僕は言った。

「ドロシー、聞いてほしいことがあるんだ」


僕はドロシーにすべてを話した。

王都で死んだことも、〈魔術王の左脚〉についても、どうなるかも、すべてを話した。

そして言った。

「僕は怖かったんだ。またドロシーたちを巻き込むのが怖かった。できることなら僕だけで始末してしまいたかった」

僕はため息をついた。ドロシーは小さくうなずいていた。

「そうでしょうね。あなた、ここのところずっと思い詰めているように見えたから。どうしてなのかはわからなかったけど」

ドロシーは僕の手を取って、親指でさすった。

「無理しないで。あなたがいればそれでいいのよ。だからなんでも話してほしい。いくらでもあなたの力になるから。迷惑だなんて思わないから」

僕はうなずいた。

「ありがとう。ドロシー」

彼女は微笑《ほほえ》んだ。


ドロシーは僕にいくつかの質問をして、それを羊皮紙に書き留めた。彼女はあらかた聞き終えると言った。

「今すぐには答えられないわ。情報も多いし、前と同じように、かなり入り組んでいるから。明日、また来てほしい。それまでに考えを整理しておくわ」

僕はドロシーに礼を言って、教会を出ようとした。

ドロシーは僕の服を引っ張った。

「なに？」僕は振り返って言った。

「マーガレットも明日一緒に連れてきてほしい。これは彼女に深く関わっていることだから。話しておいた方がいいと思うし、それに、きっとこの先、助けになってくれる」

僕は少しためらった。僕の言葉にマーガレットはきっとショックを受ける。それは第二ループで彼女が僕に語ったことから明らかだ。

うまく伝えられるだろうか。

「頑張って」ドロシーが僕の手を握った。

僕はうなずいた。


翌日。僕はマーガレットに声をかけた。彼女はギルドの隅の方にある席に座り、腕を組んで天井を見上げていた。そういえば彼女はブラムウェルに会いにいったと言っていた。この時間ではまだのはずだ。

僕が近付くと、彼女は笑みを浮かべた。

「やあ、スティーヴン」

僕は彼女の向かいに座った。マーガレットは首を傾《かし》げた。

「どうしたんだ？　そんな神妙な顔をして」彼女は笑みを浮かべたままそう言った。

「マーガレットさん。話があるんです。重要な話です」彼女は一瞬目を細めた。僕は続けた。「ブラムウェルに会いにいこうとしていますね？　それとも関係しています」

マーガレットは息をのんで、尋ねた。

「未来から、戻ってきたのか？」

「そうです。ここで話すのは少し……。外に出ませんか？」

彼女はうなずいた。


僕はグレッグに許可を取って、マーガレットとともにギルドの外に出た。

歩きながら、僕はいつ言おうか考えていた。状況的には第二ループで、マーガレットが僕に過去を打ち明けてくれたあの場面と全く逆の立場になっていた。

彼女もこんな風に不安だったのだろうか。

と、歩きながらマーガレットが口を開いた。

「どんな未来が待っているか、私にはわからない。ただ、今の私の状況を話しておこうと思う」

彼女はそう前置きして言った。

「さっき言われた通りだ。私はブラムウェルに会いにいこうか考えていたんだ。奴《やつ》に聞きたいことがあったんだよ。……ファミリーネームについてだ」

僕たちは街の外に出ていた。空気が乾燥し始めていた。マーガレットは続けた。

「スティーヴン、君に記憶を整理してもらってから、私は思い出したことがあるんだ。私にとって、それは衝撃的な事件だった。君が話そうとしているのは、それに関係があるのか？」

僕はうなずいた。この時点で彼女はまだ、自分が〔魔術王〕の血族だと認識してはいない。事件というのは、アムレンがマーガレットの家族を殺したあの事件のことだろう。僕は確認のために尋ねた。

「マーガレットさん。記憶っていうのは、お母様とお祖父様《じいさま》を亡くされた事件のことですよね？」

「ああ、そうだ」彼女は小さくうなずいた。「アムレンという男に殺された。彼について、何か知っているのか？」

僕は大きく息を吸って、吐き出した。

言わなければならない。

「他にも思い出した記憶があるはずです。今意識していなくても、思い出しているはずです。記憶の鍵は開いている。それが深く関わっています。お祖父様や、お母様に、どのように育てられたか、覚えていますか？」マーガレットは首を傾げた。

「どんな風に育てられたか？　どんな風に……」マーガレットは思案した。

「私は城で育った。たぶん貴族か何かだったのだと思う。私は女だが昔から剣術をならっていた。……いつも繰り返し何か言われていた。そうだ、私は立派な……」

徐々に彼女の目が見開かれる。僕はマーガレットの言葉を継いだ。

「立派な魔術師になるように言われていた？」

マーガレットは頭を抱えた。

「ああ、そうだ。……私は……」

彼女は視線を彷徨《さまよ》わせて、あちこちを見て、そして、最後に僕を見た。その目はまるで救いを求めているように見えた。

「この記憶は本物なのか？　スティーヴン、私は、魔術師なのか？」

マーガレットは僕の肩をつかんだ。僕は彼女の腕に触れて言った。

「落ち着いて聞いてください。マーガレットさん」

彼女は目に涙を溜《た》めていた。

僕は、言った。

「ワーズワースは、〈魔術王〉の血族です」

マーガレットはひゅっと息を吸い込んだ。

「そんな……冗談、だよな？」

僕は小さく首を横に振った。

彼女は僕から手を離し、そして顔を覆った。

「私は……、私は……」彼女は小さくつぶやいて、顔から手を離した。彼女は涙を流していた。顔は赤かった。

マーガレットは言った。

「私は、独りだ……」


彼女は僕をじっと見ていた。その眼《め》には小さな少女の名残があった。まるで手を伸ばして助けを求めるような姿が見えた。

そうだ、あのときもこうして、マーガレットは救いを求めていた。ただ僕はあのとき、僕のことで精いっぱいだった。アムレンが魔術師なのか守護者なのか、自分が間違ってしまったのかということばかり考えていた。

僕は愚かだった。うだうだと自分一人で引きずって、失敗して、目の前の大切な人が救いを求めているこことにも気づけない愚か者だった。

僕は僕に問う。

お前はいったい何を守ろうとしているんだ!?

守りたいのは世界でも〈魔術王の左脚〉でもないはずだ。僕が守りたいのは僕の大切なものだ。

大切な人たちだ。

それをないがしろにして守った世界にどんな意味があるんだ!?


僕は、マーガレットの手を取った。あのときつかめなかった、大切な人の手を、離してしまわないように、強く強く握りしめた。

「いいえ。そうじゃない。あなたは独りではありません」


マーガレットは首を横に振った。

「私は君の敵だ、スティーヴン！　一緒にいることはできない!!」

僕はマーガレットの手をつかんだまま言った。

「いいですか。僕はマーガレットさんが〈魔術王〉の血族であろうと、あなたを否定したりしません。僕はあなたを知っている。あなたという人間を信じているんです。それはきっと、ギルドの人たちも街の人たちも同じです」

マーガレットは涙を流した。彼女はうつむいた。

彼女はたぶん誰かを頼ることができない。

それはダンジョンでの戦い方を見ても、第二ループでの街から出ていくという決断を見ても明らかだ。彼女は僕に似ている。自分勝手にすべてを理解した気になって、自分勝手に走っていってしまう。

誰にも言わず、迷子になってしまう。

僕はマーガレットを抱きしめた。彼女はびくっと驚いて身を固めた。

「僕はあなたの味方です。たとえ、〈魔術王〉の血族であろうとそれは変わりません。僕のことを頼ってください。みんなのことを頼ってください」

僕は少し笑って言った。

「迷子にならないように、手を引きます」

マーガレットは嗚咽《おえつ》を漏らして笑い、それから、僕を抱き返して言った。

「ありがとう、スティーヴン。君は私の道標だ」

僕は彼女が落ち着くのを待ってから言った。

「もう一つ話しておかなければならないことがあるんです」

彼女は涙を拭きながら言った。

「なんだ?」

「アムレンはあなたの父親です。そして僕の父親の仲間でもあります」

彼女は涙の乾ききっていない目で僕を見た。

「……どういうことだ? では、どうしてアムレンは私の家族を殺した? それに君の父親が関係している？」

僕はマーガレットに手を伸ばした。

「詳しい話はドロシーとしましょう。彼女ならきっと、僕たちには考えもつかないような答えに導いてくれるはずです。今日の夜、教会に行きましょう」

マーガレットは僕の手を取った。

「ああ、わかった」


夜。僕とマーガレットは教会の前にいた。昨日と同じように屋根裏部屋の窓から明かりがこぼれていた。

ドロシーが僕たちに気づくと、屋根裏部屋の明かりが揺れて消え、しばらくして、教会の扉が開いた。

ドロシーはシスター姿のままだった。彼女は言った。

「待ってたわ。入って、まだわからない部分もあるけど、一応考えを整理したつもり」

僕たちはドロシーに従って屋根裏に向かった。何枚かの羊皮紙がテーブルの上に置いてあった。インクはまだ乾ききっていなかった。僕は文字が読めないからはっきりとはわからないが、もしかしたらそれは思考の跡なのかもしれない。僕たちが来る直前まで考えていたのだろう。

僕とマーガレットは椅子に座ってドロシーと向かい合った。

「マーガレットはどこまで聞いたの？」ドロシーが尋ねた。僕はマーガレットに伝えたのは僕が未来から戻ってきたこと、それからアムレンとワーズワースの家系についてだと言った。

ドロシーはうなずいた。

「じゃあ、確認も含めて、私が理解している範囲で、スティーヴンがたどってきた経緯について話すわね」

ドロシーは第一ループ、第二ループそれぞれについて話した。

「何か間違っているところはある？」

僕は首を横に振った。

「マーガレットは……ああ……混乱しているだろうけど、何が起こったか——というより何が起こるのかだけど——わかった？」

マーガレットは目を強くつぶった。

「ああ。一番ショックな部分はスティーヴンに話してもらったからな。大体はわかったよ」

マーガレットは目を開くと僕を見た。

ドロシーが言った。

「そう。なら、話を進めるわね」ドロシーはテーブルから羊皮紙を持ってきて、膝の上にのせた。

彼女はそれを見ながら話し始めた。

「まず、今後の目標として、私たちがしなければならないのは『〈魔術王の左脚〉が魔術師陣営の手に渡らないようにすること』と定める。この陣営という言葉は勢力とかチームとかに読み替えてもらって構わない。要するに魔術師と、それに味方する人たちのことを言うわ。これはいい？」

僕はうなずいて、それから尋ねた。

「その味方する人たちっていうのは、記憶を改竄《かいざん》されている人ってこと？」

ドロシーは首を横に振った。

「ここでは、記憶の改竄のあるなしにかかわらず、味方する人って意味。話を聞いてれば意味がわかるから」

僕はうなずいた。ドロシーは続ける。

「でね、じゃあ誰が魔術師陣営なのかって話になるんだけど、ソムニウムのメンバー、つまり私たちは全員白なのよ。魔術師陣営じゃない。過去に魔術師と対抗しているしそれに記憶を改竄されている心配もない」

マーガレットが言った。

「私は〔魔術王〕の血族だ。それは……」

そこで、ドロシーが制した。

『ええ。それはわかってる。でもあなたは魔術師に加担していないでしょ？　生まれがそうってだけ。魔術師ってのは、要するに、〔魔術王〕を信仰している勢力のことなのよ。伝説から持ってくれば原義はそうなるわ。あなた〔魔術王〕を信仰しているの？」

マーガレットは首を横に振った。

「まさか」

「じゃあ違うわね」

マーガレットはほっと息をついて、僕を見た。彼女が笑みを浮かべたので、僕も返した。

ドロシーは羊皮紙を入れ替えた。

「話を戻すわ。王都の人たちの誰が魔術師陣営なのか考えないといけない。ただ、数日後にここにやってくるアンジェラとレンドールはおそらく白ね」

僕の中にはアンジェラが裏切ったのではないかという考えがあった。第二ループで彼女に〈魔術王の左脚〉を渡したあと、その姿を見ていないからだ。僕は尋ねた。

「どうしてそう言えるの？」

「アンジェラは『記憶改竄』スキルを見るたびに報告していたんでしょ？　魔術師陣営だとは考えられないわね」

僕は苦笑いした。確かにそうだった。それどころかアンジェラは自分が守護者であることもぽろっと話してしまうし、デリクの研究室では〈魔術王の左脚〉を探していることも口に出そうとしていたのだった。

「レンドールはティンバーグから〈魔術王の左脚〉を奪ったっていう話を聞いて激昂《げきこう》してる。魔術師なら不自然な反応ね」

僕はうなずいた。確かにその通りだと思った。

ドロシーはシスター服の頭巾を外して、髪をほどき、首を振った。

「ここまではいいのよ。問題はロッドとアムレンね。とくにアムレンが……難しい」

ドロシーは息を吐いた。

「アムレンは魔術師じゃないの？　『記憶改竄』スキルを持っているし〈魔術王の左脚〉を装着していた」

僕が言うと、ドロシーは思案顔をしてから言った。

「まずね、『記憶改竄』スキルを持っているならば魔術師だ、とは言えないのよ。だって、スティーヴンだって持ってるじゃない？　同じようにアムレンが何らかの方法で『記憶改竄』を得た可能性がある。もしくは〈魔術王〉の血を色濃く受け継いでいて『記憶改竄』を得た、とかね。たぶん後者じゃないかしら」

失念していた。マーガレットだけではない。アムレンも〈魔術王〉の血族なのだった。

僕がうなずいていると、ドロシーは続けた。

「それに、〈魔術王の左脚〉を装着していたのは、本当にアムレンなのかしら？」

僕は眉間にしわを寄せた。

「だって、顔を見たんだ。あれはアムレンだ」

ドロシーは首を横に振る。

「ロッドだって同じ顔でしょ？」

僕は「うっ」と口ごもってから言った。

「ロッドは目のまわりに火傷《やけど》の跡があったはずだ。見ればわかる……」

ドロシーは苦笑した。

「スティーヴン、忘れたの？　あなたらしくない。エヴァは、首を斬られたとき、〈魔術王の右腕〉で傷を治していたんでしょ？　傷跡一つ残さずに」

「あ」僕は小さくうなずいた。「確かにそうだ」

「〈魔術王〉の一部がどんな能力を持っているのかはわからない。エヴァのときは《アンチマジック》が効いて、今回効かなかったのは選ばれし者が着けたからかもしれないし。ただ、回復系の魔法が使えるのは確かで、傷跡を残さないのも確かよ」

ロッドの可能性がある。彼が装着し、目と、両手の傷を治した。

でも……、

「可能性があるというだけで、どちらかはわからない」僕は言った。

ドロシーは羊皮紙を入れ替えた。

「私は、ロッドだと思うのよ」

「どうして？」僕が尋ねるとドロシーはマーガレットを見た。

「それにはマーガレットが関係してくる」今まで話を聞いていただけだったマーガレットは突然話に入れられて驚いていた。

「私が？」

ドロシーはうなずいた。

「スティーヴン。〈魔術王の左脚〉を装着した男が現れたときのことを思い出してほしい。第一ループではマーガレットはどうなってた？　第二ループでは？」

僕は考えて言った。

「第一ループでは、マーガレットの信号が消えた。第二ループでは……あの男に殺されそうになった。それを僕が止めようとしたんだ。あの男はマーガレットに怒りの表情を向けていた」

ドロシーはうなずく。

「ええ、そう。おそらく第一ループでもマーガレットは死んでいる。第二ループではあの男に殺されそうになっている。……これ、アムレンだとするとおかしいのよ」

マーガレットが眉間にしわを寄せて言った。

「なぜだ？　アムレンは私の家族を殺した。私を同様に殺そうとしてもおかしくない」

ドロシーは首を横に振るとマーガレットに微笑みかけた。

「だって、アムレンは、あなたのことを愛しているから。溺愛と言ってもいいかもしれない」

マーガレットは面食らったように口を開けて、固まった。

「どうしてわかるの？」僕が尋ねると、ドロシーは笑みを浮かべたまま言った。

「だって、〈記録〉でもマーガレットを大切にしているように見えたようだし、それに、デイジーのことを考えればわかるでしょ？」

「デイジー？」僕は首を傾げた。「なんでデイジー？」

「デイジーは花の名前よ。マーガレットと一緒。そして似た花でもある。それに、はじめは黒かったデイジーの髪を、空色に変えてくれってロッドに言ったんでしょ？」

それは昨日の夜、ドロシーに詳しく話してくれと言われた部分だった。僕はどうしてそんなことを聞きたがるのかわからなかったが、今ようやくわかった。

僕はうなずいた。

「思うに、アムレンはデイジーをマーガレットの妹、もしくは代わりとしてそばに置くことに決めたんじゃないかしら。はじめはどうだったかわからないけど、でも、マーガレットの家族を殺して、マーガレットを安全な場所に移し、もう二度と会えないとわかったときそうしようと決めたのだと思う。少なくとも、愛してなければそんな名前つけないし、空色にしてくれなんて言わない。これは確かよ」

「そうかもしれない」僕はつぶやいて、マーガレットを見た。彼女は複雑そうな表情をしていた。

「私は……わからない」彼女はそう言ってうつむいた。

ドロシーは羊皮紙に目を落とした。

「アムレンはマーガレットを愛していて、今もデイジーをそばに置いていることから、現在も愛していると考えていい。そうすると、〈魔術王の左脚〉を装着したのはロッドということになる。アムレンなら、マーガレットを見た瞬間に怒りをもって殺すなんてことはしないから」

僕はうなずいた。

ドロシーは言った。

「これをもって、ロッドは完全に黒よ。魔術師陣営という言葉を使ったのはこういうこと。ロッドは『記憶改竄』を持っていないけれど、魔術師に加担している人間だから」


ここでようやく僕はあのとき感じた違和感の正体に気づいた。

王都で死んだときのことだ。オートマタが自爆した後、僕は上空に浮かぶローブの男を見た。〈魔術王の左脚〉をつけていた彼を見たとき、アムレンだと思った。

そのとき感じた違和感は、本当にアムレンなのかということだった。

双子である二人のかすかな違いに気づいたのだと思う。

そして、別の誰かなのではないかと思ったのだ。

思えばアンジェラがアンヌヴンでアムレンに会ったとき、言っていたではないか。

――誰かに似ていましたが、誰だか思いつかないんです。

アンジェラはロッドの顔を知っていた。そのうえでアムレンの顔を見た。ロッドは常に目に布を巻いている。それに髪も長い。すぐに気づけなかったのだろう。

第二ループでアンジェラに渡したはずの〈魔術王の左脚〉が敵の手に渡った理由もはっきりした。アンジェラはロッドに手渡した。そして彼が装着した。僕の中で点だった要素同士がつながっていく。

マーガレットは顔を上げて、ドロシーに尋ねた。

「アムレンは白なのか？」

ドロシーは下唇を噛《か》んだ。

「それが、わからないのよ……。白なんじゃないかと私は思う。でも白と言い切れない要素があるの」

ドロシーはまた、羊皮紙を入れ替えた。

「アムレンは、父親が『魔術師に戻りたがっている』と言っていたのよね。そして何世代も前に魔術師と決別して隠れて暮らしてきたとも。そうなると、もともとアムレンの家系は、つまり、マーガレットの家系は、〈魔術王〉の血族ではあるけれども、魔術師ではない、という立場を取ってきたのではないかしら？　そして、アムレンの父親と妻の裏切りがわかって、アムレンは二人を殺した」

僕は言った。

「そうだね。そうなると白なんじゃないの？」

ドロシーは羊皮紙に目を落とした。

「ただ……ただね、アムレンはティンバーグから〈魔術王の左脚〉を奪ったのよね？」

僕はうなずいた。

「うん。デイジーがそう言っていた」

「そこが引っかかるのよね。ティンバーグから奪ったなら、それはもう魔術師と言っていいと思う。それに、ロッドと協力関係にあるとしたら、アムレンも黒ってことになりそうだし。ああ、もうわからないわ。どっちなんだろう……」

ドロシーは頰《ほお》に手を当てた。

しばらくそうしていたが、彼女は首を横に振った。

「これぱかりは直接聞かないとわからない」

僕は尋ねた。

「じゃあ、この先どうしたらいいかわからないってこと？」

ドロシーは言った。

「いえ。そうじゃないわ。いくつか手はある。一番簡単なのは、王都に行って、オリビアから〈魔術王の左脚〉を言い値で買って、私たちが保管するって方法。ただ、これだとアムレンが白か黒かは結局わからない。それはつまり、あなたたち二人の父親が、どちらの陣営かわからないまま終わるってことね。それに、私たちで〈魔術王の左脚〉を保管するのも、危険が伴う。もしアムレンかロッドがオリビアを見つけたら、彼女の記憶を頼りに私たちを探しにくる。きっとね」

マーガレットは僕の手を取った。

「私は、真実を知りたい。アムレンが本当はどちら側の人間なのか。魔術師陣営に落ちたのだとしたらどうしてなのか、知りたい。スティーヴンはどう思う？　自分の父親がどちら側の人間か知りたくないか？」

　僕はうなずいた。

「僕も知りたいです。それに、どちらにせよ、アムレンやロッドとは決着をつけないといけない気がするんです」

　それを聞くとドロシーがうなずいた。

「ええ。そうなのよね。私たちを探しにくるってことはこの街を襲ってくるかもしれないってことだから。……決着はつけておきたいわ」

　ドロシーはマーガレットを見た。

「まだまだわからないことは多い。でもこれは言えると思う。マーガレットはアムレンには殺されない。だから、あなたが頼りなのよ、マーガレット。アムレンと交渉できるのはあなたなの」

　マーガレットはうつむいた。彼女はたぶん自信がないのだと思う。それは彼女の中に今まであった絶対的な自信が一度揺らいでしまったからだろう。

　僕はマーガレットに言った。

「何かあっても、助けにいきます。必ず」

　マーガレットは少し顔を赤くして、うなずいた。

「まずはどうする？」僕はドロシーに尋ねた。

「リボンの回収よ」

ドロシーは言った。

十二章 吊るされた男と最後のチャンス

守護者たちがやってくる日になった。僕とマーガレット、ドロシー、それからリンダとテリーが教会で待っていた。テリーは王都に行けるというのでワクワクしていた。

教会の中に子どもたちはいなかった。ドロシーが外に出すように他のシスターに伝えておいたからだ。

しばらくして、レンドールがやってきた。白い服を着て、髪を整えていた。あの日のままだった。

教会に入ってきた彼に僕は声をかけた。

「レンドールさん、話があります。ティンバーグから奪われた〈魔術王の左脚〉についてです」

突然声をかけられて、レンドールはひどく迷惑そうな顔をしていたが、ティンバーグという言葉が出ると、はっとした。彼は僕の服の襟をつかんだ。

「何者ですか？　返答次第ではただでは置きません」

マーガレットがいつの間にか剣を抜いていて、レンドールの首元にぴたりと当てた。

「手を放せ。また死にたいのか？」

レンドールは僕から手を放すと、そのまま両手を上げて怪訝《けげん》そうな顔で、マーガレットを見た。

「また、とは？」

僕は彼に言った。

「すべて話します。まずは、封印を強化してください。使い方はわかっています。月に一度、ゾラッドタイガーから取れる魔石かそれと同程度の魔石であれば十分、でしたね？　あとはアンジェラさんを待ちます」

レンドールはますます訝《いぶか》しんでいたが、マーガレットに切っ先を突き付けられているので、しぶしぶといった様子で封印の強化作業を行った。

アンジェラが来るまでにしばらく時間がかかった。確かどこかの店に行っているのだったか。

「いやあすみません！　遅くなりました！　お店にいいものがいろいろありまして……」

しばらくして、アンジェラが教会に入ってきた。彼女は笑顔で、僕たちとレンドールを見て「お取り込み中でしたか？」と尋ねた。

「待っていました。アンジェラさん。領主様にはすでに了解をいただいています。王都に向かいましょう」

アンジェラは首を傾《かし》げた。僕は続けた。

「ああ、それと、アンジェラさんには僕が『記憶改竄《かいざん》』スキルを持っているのが見えていると思いますが、それについても詳しく話すので、あんまり騒がないでくださいね。ドラゴンの首輪を使うのは禁止です」僕はレンドールに言った。

アンジェラとレンドールはぽかんとしていた。

王都に向かう道中、僕はアンジェラとレンドールにすべてを話した。話がロッドの件に差し掛かると二人は反抗した。

「それはありえません。確かにロッドさんはオートマタをいくつか持っていますが、魔術師に加担するなんてそんな……」アンジェラはそう言って運転しながら首を横に振った。

「その、アムレンという人に、ロッドさんが記憶を改竄されてしまったのではないですか？」レンドールの言葉をドロシーが否定した。

「いいえ。それはありえない。アムレンはマーガレットを愛していた。同様にロッドのことも愛しているのよ。それはスティーヴンが見た〈記録〉の内容からわかるもの。アムレンが彼を利用するということはありえない。外部の者がロッドの記憶を改竄したとしても、アムレンはそれを元に戻せる。結局、ロッドが記憶を改竄されているっていう可能性は低いのよ」

レンドールは「ぐっ」と口ごもって、それから言った。

「その未来から来たというのは本当なのでしょうか……いえ、本当なのでしょうね。私たちの行動を全部把握していましたし……」

アンジェラが言った。

「スティーヴンさんが〈記録と読み取り〉というスキルを持っていることは確かですよ。私には見えています」

レンドールはしばらくうなだれていたが、小さくうなずいて言った。

「わかりました。わかりましたが、気がかりなのはやはり、アムレンが本当に今もロッドさんと手を組んでいるのかというところです。何かそれを証明する方法はありますか？」

ドロシーは少し考えてから首を振った。

「いえ。今はないわ。すべてがわかるのはアムレンに聞いてからよ」

僕はうなずくと、思い出して、運転中のアンジェラに近付いた。

「そのリボン、後でもらいますよ」

「うえっ！　何でですか！　お気に入りなのに！」アンジェラは赤と白のリボンを触った。

「どちらにしろ、デイジーにとられますよ」僕はそう言った。


僕たちは王都にたどり着いた。以前と違うのは僕の首にドラゴンの首輪がついていないことと、それから、リンダたちがいること。準備が整っていること。

ドロシーが言った。

「言った通り、ここから二手に分かれるわ。オリビアを連れてくるグループと、デイジーに会いにいくグループにね。テリー、発信機をマーガレットに渡して」

テリーは背負っていた大きなバッグをおろすと、発信機を取り出した。マーガレットが受け取って自分のバッグに入れる。

「オリビアを連れてきたら、発信機をたどって合流するわ」ドロシーはそう言うと、アンジェラたちを見た。

「アンジェラは私たちをアンヌヴンに案内して。で、レンドールはどうする？」

そう言われて、レンドールは僕たちの方を見た。

「アムレンとやらに会いに行きましょう。ティンバーグを襲ったのか、はっきりさせないと気がすみません」

僕はドロシーは小さくうなずいた。

ドロシーは小さくうなずいた。


「発信機の反応が消えたら、逃げてほしい」

ドロシーは息を吐いて言った。

「ええ。そうならないことを祈るわ」

王都の門をくぐると僕たちは二手に分かれた。リンダとテリーが冒険者特有のサインを僕たちに送った。片手を自分の額に当てて言う。

「幸運を」

僕とマーガレットはうなずいた。

レンドールを連れて、僕たちは広場に向かう。人の間を潜《くぐ》り抜《ぬ》けて進んでいく。多くの人にぶつかるが、僕はよろけることはない。

しばらく歩いていると広場に出た。そこでようやく人の密集地帯を抜けられた。

ここに、デイジーがいるはずだ。

僕は歩きながらあたりを見回した。

人の間にふっと目当ての頭が見えた。小さな体。瑠璃色の長い髪はまとめられていない。

彼女はあたりをきょろきょろと見回している。

「見つけました」僕は言って、デイジーのそばに近付いた。

デイジーは僕を見上げて、首を傾げた。

「なあに？」

僕はポケットから赤と白のリボンを取り出した。デイジーは大きな目をさらに大きくした。

「アムレンのところに連れていってほしいんだ、デイジー。このリボンは返してあげる。〈魔術王の左脚〉について話したいことがあるんだ」

デイジーは話が終わる前に僕の手からリボンをひったくった。

彼女はすぐに髪を結んで、リボンを整えて、僕たちを見た。

「あなたたちが盗んだの？」デイジーは心なしか僕たちをにらんでいるように見えた。

マーガレットが彼女の前にしゃがみ込んだ。デイジーは少し驚いたようにマーガレットを見た。

「私たちじゃない。ただ、誰が盗んだか知ってるんだ。盗んだ奴《やつ》も連れていくよ。詳しく話したいだけなんだ。連れてってほしい」

デイジーは唇を尖《とが》らせて少し考えていたが、こっくりとうなずいて、マーガレットの手を取った。

「ついてきて」

デイジーはそう言って歩き出した。


王都を歩いていると、突然、レンドールがデイジーに尋ねた。

「あなたたちがティンバーグから、〈魔術王の左脚〉を奪ったのですか？」

僕は驚いてレンドールを見た。この場所で戦闘を起こしたくなかった。広場よりも人が密集したこの場所でそんなことになれば、けが人が出るのは目に見えていた。

僕が会話を遮る前に、デイジーが答えた。

「ううん。違うよ」

僕ははっとデイジーを見た。前と答えが違う？

「ちょっと待って。デイジー。君たちは〔魔術王の左脚〕を奪っていないのか？」

デイジーはまた首を振った。

「ううん。奪ったよ」

僕とレンドールは顔を見合わせた。レンドールはデイジーに尋ねた。

「どっちですか？」

「こっちー」

デイジーはマーガレットの手を引いて、路地裏の方へと向かった。

どうも何かがおかしいように思えた。

レンドールはしばらく眉間にしわを寄せてデイジーの後を追っていたが、ふいに「あ」と声を出して、尋ねた。

「デイジー、質問です」

デイジーが振り返って言った。

「なにー？」

「あなたたちはティンバーグから、〔魔術王の左脚〕を奪いましたか？」

「ううん」デイジーは首を横に振った。

「では、何者かから〈魔術王の左脚〉を奪いましたか？」

「うん！」デイジーは首を縦に振った。

レンドールは「そういうことですか」とつぶやくと、納得したように僕たちに言った。

「アムレンとデイジーはティンバーグから〈魔術王の左脚〉を奪っていません。奪ったのは魔術師の誰かです。デイジーたちはその魔術師から、〈魔術王の左脚〉を奪ったのですね」

「そうだよ！」デイジーはニコニコして言った。

僕は第一ループのアンジェラとデイジーの会話を思い出した。


――このリボンと一緒に盗んだでしょ？〈魔術王の左脚〉はどこ？

――わ……私は……知りません。あれはティンバーグから魔術師たちが奪ったじゃないですか？

――そうだよ。私が持ってたのに盗んだでしょ？返して。


そしてレンドールとデイジーの会話も。


――〈魔術王の左脚〉を奪ったのはあなたで間違いありませんか？

――うん。ご主人様と一緒に奪った。


全部言葉の行き違いから起こっている。デイジーの言葉は嘘《うそ》ではない。が、言葉が足りない。

僕はああ、とため息をついて、考えをまとめた。

　ドロシーはここが引っかかると言っていた。それが今外れた。

　アムレンは、限りなく白い。


　あとはロッドとの協力関係を説明できればいい。


「ついたよー」デイジーがそう言ったのは、かなり人通りの少ない地区にある、小さな建物の前だった。彼女は扉を開けて中に入った。家の中はがらんどうでまったく生活感がなかった。僅かに椅子とテーブルがあるだけだった。

「ちょっとまっててー」デイジーはそう言うと、僕たちの目の前で転移した。

　僕たちは顔を見合わせた。

「今のは《テレポート》ですか？　王都でどうやって……」レンドールは目を細めた。

「ドロシーは魔法に詳しいですが、彼女もわからないと言っていました」

　僕はそう言った。

　数分後、突然扉が開いて僕たちはびくっとそちらを見た。おそらく建物の屋根を飛び回ってきたのだろう。部屋に入ってきたアムレンは肩で息をしていた。彼は僕たちを見て、そして、マーガレットに気づいた。

アムレンの後ろから、デイジーがひょっこりと顔を出した。

「おまたせー」

彼女はそう言った。

アムレンが深く息を吸って、吐き出した。

「マーガレットか？」

「ああ、そうだ」彼女はうなずいた。

「そうか、大きくなったな」アムレンは微笑《ほほえ》んで言った。

彼は部屋に入ると、椅子を引いて座った。デイジーはアムレンについていってそばに立っていた。

「それで、〈魔術王の左脚〉について何を知っているんだ？」アムレンの問いに僕は答えた。

「誰が『墓荒らし』でどこにいるのか、要するに〈魔術王の左脚〉を取り戻す手段があって、今それを実行しています。ここに持ってきます」

アムレンはぎょっとして僕を見た。

「どうしてそんなことまでわかる？　俺たちがあれを奪われてからそう日にちは経《た》っていないぞ」

僕は小さくうなずいた。

「ええ。でもわかるんです。全部話します。〈魔術王の左脚〉がここに届いたら全部」

アムレンは腕を組んで、そして、マーガレットを見た。

「俺を探しにきたのか？」

マーガレットは目をそらしてうなずいた。

「ああ。そう言われたからな」

「今はどうしてるんだ？　その格好だと冒険者か？」

アムレンは彼女の姿を顎で示して言った。

「ああ。Sランク冒険者だよ」

アムレンは微笑んだ。

「そうか。あの力があればそうだろうな」


僕たちの間に沈黙が流れた。

皆が黙っていた。


どれくらいそうしていただろう。外が騒がしくなって、扉がノックされた。僕はドアを開けた。

「あ、ここで合ってたみたいね」ドロシーたちが外にいた。テリーが機械を持って僕を見上げている。リンダとアンジェラも後ろの方に立っていた。

「なんですかここ」オリビアがとんがり帽子の下で怪訝な顔をしていた。

アムレンが立ち上がって言った。

「ここは狭い。外に出よう」

「で、誰が持っているんだ？」外に出てしばらく歩いたところにある、少し開けた場所でアムレンはそう言った。

ドロシーが僕を見た。

「どこまで話したの？」

僕は今までのことを彼女に話した。アムレンがティンバーグを襲っていないとわかるとドロシーは「そういうこと」と言ってうなずいた。彼女はオリビアに言った。

「あれ出して」オリビアは渋った。

「ええ？　お金くれるって言ったじゃないですかあ。くれないならこのまま帰りますよ」

「いい？　ロッドは人の記憶を読めるの。もしここで帰ったら、ロッドはアムレンの記憶を見て、あなたを見つけ出すわ。そして殺される。私たちと同じようにね」オリビアは口を尖らせると、渋々といった様子でスクロールを取り出して、発動した。

彼女の《マジックボックス》から〔魔術王の左脚〕が現れた。ドロシーは受け取るとアムレンに言った。

「渡す前に一つ確認したいことがあるのだけど？」

「なんだ？」アムレンは怪訝な顔を僕に向けた。なんで僕なんだ。ドロシーは気にせず言った。

「あなたの双子の弟、ロッドについてよ。どうして手を組んでいるの？」

アムレンはますます怪訝な顔をした。

「お前らはどこまで知っているんだ？　それに……何者だ？　まさか魔術師じゃないだろうな」

ドロシーはため息をついた。

「私たちが魔術師なら、あなたに何も言わずに〔魔術王の左脚〕を奪って逃げてるわよ」

アムレンは苦笑した。

「違いない。で？」

僕は言った。

「僕たちはソムニウムの〈魔術王の右腕〉をエヴァから守りました」

アムレンは納得したようにうなずいた。

「スティーヴンはどいつだ？」

「僕です」

アムレンは僕の顔をまじまじと見た。

「そうか、お前が……」彼は小さくうなずいた。「母親によく似ている」

アムレンは「そうかそうか」とつぶやいて、最後に笑った。

「面白い。そうか、マーガレットが一緒に……そうか……〈記録と読み取り〉を持っているんだな？」

僕がうなずくと、彼は独りで笑っていた。

ドロシーは目を細めて言った。

「質問に答えてほしいのだけど」

アムレンは笑うのをやめると「ああ」と言って答えた。

「ロッドは守護者で、俺も守護者だ。まあ、俺は引退した身だが。手を組んでいても何ら不思議ではないだろう？」

ドロシーは言った。

「ええ。でも、ロッドは魔術師に加担しているでしょ？」

その言葉にアムレンは小さくうなずいた。

「ああ、そう見えるかもしれない。そこまで知っているならいいだろう。話そう。あいつは魔術師の中に紛れ込んで情報を収集している。魔術師のふりをしているだけなんだよ」

「裏切者ってこと？」ドロシーが尋ねるとアムレンはうなずいた。

「魔術師側にとってはな。現にロッドはどの魔術師がティンバーグから〈魔術王の左脚〉を奪ったか突き止めて、俺に情報を渡した。俺はそのおかげで見つけ出すことができたんだよ」

僕は首を傾げた。ドロシーも納得がいっていないようだった。

「なんだ？　何かおかしいか？」アムレンは眉根を寄せた。

ドロシーは口を開いた。

「一つ質問なんだけど、〈魔術王の左脚〉を取り戻したら、あなたか、もしくはロッドが装着する手はずになっているの？」

アムレンはわけがわからないといった顔をした。

「はあ？　そんなわけないだろ？　封印し直すまでだ」

僕はドロシーを見た。ドロシーは「そう」と言ってうなずいた。

「申し訳ないけれど、ロッドは魔術師にとっても守護者にとっても、そして、あなたにとっても裏切者よ」

アムレンは首を傾げた。

「どうしてそうなる？」

ドロシーは言った。

「いい？　スティーヴンは未来を見てきた。そこでロッドは〈魔術王の左脚〉を装着していたのよ。あなたを裏切って自分のものにしたとしか考えられないわ」

アムレンは目を細めた。

「どうしてロッドだとわかる？　双子だと知っているんだろ？　もしかしたらなにかの理由があって俺が装着したかもしれないじゃないか？」

ドロシーは僕に話してくれた論理をアムレンに話した。

「もしあなたがマーガレットを殺そうとしてるのなら話は別だけど」

「まさか」アムレンは首を横に振った。

「じゃあ装着するのはあなたではなくて、ロッドよ」

アムレンは腕を組んで唸《うな》った。

「それにしたって、もしかしたら何らかの理由があって、どうしてもロッドが装着する必要があったのかもしれない」

「理由って？」ドロシーが尋ねるとアムレンは目を強くつぶった。

「わからない。……ロッドを呼ぼう。きっとすべて話してくれる」

アムレンはそう言うと、羊皮紙を取り出して、何かを書いた。

「デイジー、《マジックボックス》を出してくれ。ロッドのやつだ」

「わかったー」デイジーはそう言うと無詠唱で、《マジックボックス》を発動した。アムレンはそこに羊皮紙を入れる。

「何をしているの？」

ドロシーが尋ねると、アムレンは言った。

「手紙を出したんだよ。パスワードさえ知っていれば、《マジックボックス》はどこからでも開ける。共通のパスワードを持っておけば一瞬で手紙を送れる」そう言うと彼はポケットから小さな装置を取り出して、スイッチを入れた。

「《マジックボックス》に何かを入れたら、この装置を使って、相手に知らせる。相手は《マジックボックス》の中身を見て、手紙を受け取るって寸法だ」

ドロシーはつぶやいた。

「賢い方法ね」

「だろ。ロッドが考えたんだ」アムレンは誇らしげに言った。「あいつは賢くて善良な人間だ。……裏切るなんて……」

彼は首を横に振った。ドロシーはマーガレットを見た。

マーガレットはうなずき、言った。

「そう思うなら、……協力してほしい。全部はっきりさせるために」

アムレンはマーガレットをじっと見て尋ねた。

「何をすればいい？」

ドロシーは答える。

「単純よ。〈魔術王の左脚〉を私たちに渡すように計画を変更したと伝えればいい。スティーヴンもマーガレットもいる。守るに足る資格があると話してほしい」

アムレンは眉間にしわを寄せた。

「かまわないが、それでロッドが裏切っているかわかるのか？」

ドロシーはうなずいた。

「ええ。ロッドは全力でそれを阻止しようとしてくるはずよ。特に『資格がある』という言葉に反応するんじゃないかしら。コンプレックスの強い弟なんでしょ？」

アムレンは考え込み、ああ、と、ため息をついた。

「そうか、そういうことか……」アムレンはだまってしまった。彼には思い当たる節があるようだった。「俺はずっと勘違いしていたのか？」

マーガレットが言った。

「私たちはそれを確かめたいんだ」


しばらくアムレンはうつむいていた。

「本物ですね？」

はっと見るとそこにはロッドがいた。二体のオートマタを連れていた。長い黒髪と、目に巻いた布があの日のままだった。

「それをこちらに渡してください。守護者として封印します」

ロッドはそう言って両手を差し出した。右手に「XI」左手に「I」。〈魔術王の左脚〉を装着した後にその傷跡が見えなかったのは治したためだろう。目も同様だ。

アムレンがうつむいたままロッドに言った。

「計画を変更しようと思うんだ、ロッド」ロッドは首を傾《かし》げた。

「どういう意味、兄さん?」兄に対する口調に変わった。それは父さんの〈記録〉の通りだった。

ロッドは困惑した表情を見せた。

アムレンは僕たちの方を顎で示した。

「そこにいるのはマーガレットだ。俺の娘だよ。そしてあいつの息子もいる。〈セーブアンドロード〉を使って過去に戻れる男だ」

ロッドははっとしてマーガレットを見た。目は見えないが、表情にはかすかに怒りの色が浮かんでいた。それは、第二ループで教会を破壊し、〈魔術王の右腕〉を奪ったあの男と同じ表情だった。

僕はそのとき、ロッドが〈魔術王の左脚〉を装着していたのだと確信した。

アムレンが続ける。

「彼らに渡すのが一番安全だ。そう思わないか?〈魔術王〉の正統な血族に渡すんだ。〈セーブアンドロード〉のスキルもある。そして、彼らはエヴァを退け、〈魔術王の右腕〉を守った経験がある」

そこで初めて、アムレンは顔を上げ、ロッドを見た。

「〈魔術王の左脚〉を守る資格がある」

ロッドは僕たちから顔を背け、アムレンを見た。

「それは、僕にはその資格がないってこと？」ロッドは両手を握りしめてそう尋ねた。彼の声は心なしか震えているように感じた。

「そうじゃないが、もっとふさわしい人間がいるのは確かだ」アムレンは冷たく言った。

ロッドは大きく息を吐いた。それは呆《あき》れからくるものというより、自分を落ち着かせるためのもののように見えた。ロッドは動揺している。

ロッドはさらに大きく息を吐いてから言った。

「昔からそうだよね、兄さん。兄さんは僕の苦しみがわからないんだ」

ロッドは続けた。

「僕はずっと、うらやましくて仕方なかったんだよ。兄さんみたいに力が欲しかったんだ」

ロッドはオートマタの一体に命じた。

「あの女から〈魔術王の左脚〉を奪いなさい」

ロッドのそばに控えていたオートマタが一体、命令を聞くや、口を開き、しゃがみ込んで、〈魔術王の左脚〉を持つドロシーに向かって一直線に突撃してきた。速度は十二分で、僕はデイジーの動きを思い出した。

僕は反応できない。

オートマタは武器を持っていない。が、その力は地面を見ればよくわかる。オートマタが駆けた地面は石が割れ、破片が散っている。もしも蹴られたら、僕ならひとたまりもないだろう。

僕の目はしっかりと敵の動きを捉えていた。ただ、僕の体はその速さについていけない。

それはまるで、机に置いたインク瓶を肘で引っ掛け、落としてしまったときのようだ。真っ黒なインクが尾を引いて、くるくると回転しながら落下する様子を僕は見ていることしかできない。脳は強く次の動作を求めるのに、体はそれに答えてくれない。そんな風に、僕はその様子を見ていることしかできない。

僕は反応できない。

反応できたのはマーガレットだけだ。彼女はいつの間にか抜刀していて、オートマタに迫る。彼女の方が僅かに速い。僕に感知できたのはそれだけだ。

マーガレットとぶつかったオートマタは吹き飛ばされ、地面を転がった。

ロッドのそばにはいつの間にか、新たに三体のオートマタが立っていた。

それを見て、リンダがつぶやいた。

「なんかやばい気がするにゃ……」

僕は新たに出現した三体のオートマタを観察した。皆同じような顔をしていた。最初のループのときと同じだ。目のあるあたりにぽっかりと穴が空いていて、それ以外の部分は金属で覆われていた。

顔は皆同じだったが、持っているものが違った。一人は巨大な盾を、一人は弓を、一人は細い剣を持っていた。

それは、オートマタのパーティだった。

マーガレットにぶつかったオートマタが立ち上がり、そのパーティに加わった。

盾のオートマタがしゃがみ込む。脚につけられた機械が回転している。まるで、力を蓄えているようだった。

それを察知してか、マーガレットが飛び出して、オートマタに突撃する。が、

「くっ」

彼女は立ち止まる。ヒュルルと風を切る音がして地面に矢が突き刺さる。後衛、弓のオートマタが放ったものだ。奴は新たに矢をつがえる。ミシミシと音がして、弓が引き絞られる。

マーガレットはなおも盾の進撃を止めようとするが、正確無比な矢に阻まれてしまう。

「任せろにゃ！」リンダは言って、弓を構え、オートマタに狙いを定める。リンダが矢を射る。Aランク冒険者の狙いは正確。だが、……。

「にゃに!?」リンダがあんぐりと口を開ける。

弓のオートマタは素早く矢を放ち、リンダの放った矢を射ち落とした。

リンダは次の矢をつがえ、連射する。弓のオートマタが応戦する。

素人目から見ても、オートマタの方が格上だった。

リンダの攻撃はすべて射ち落とされてしまった。

リンダは口をあんぐり開けたまま放心している。

盾のオートマタの機械音が止《や》む。奴は立ち上がり、駆け出す。金属の塊を持っているくせに、走る速さはおそらく僕の全力疾走を上回る。盾の動きに二体の剣のオートマタが反応する。

奴らは統率が取れているように見える。迫りくる前衛三体は、歩幅もスピードも、乱れることがない。盾を中心にして左右にオートマタが並走する。舞のようにさえ見える。

盾が見る見る距離を詰める。僕は慌てて魔法壁を展開する。

が、僕の魔法がすっと消えてしまう。

はっとロッドの方を見ると、彼のそばに控えているオートマタが右腕を上げている。僕は更に多くの魔法壁を展開したが、オートマタが腕を振るたびに消えてしまう。

「《アンチマジック》!?」

僕は焦る。盾を持ったオートマタの速度が衰えることはない。迫りくるその姿はまるで馬車のようで、ぶつかったらひとたまりもないことはわかっていた。

テリーがいつの間にかバッグから取り出していたいつもの金属の筒で、盾のオートマタに狙いを定める。彼は筒のスイッチを入れる。光の弾が出現、発射される。

「######」

テリーは後方に吹き飛ぶ。

光の弾はフラフラと揺れながらも、盾にぶち当たる。衝撃音。僕は目をそむける。

テリーがスタスタと戻ってくる。その表情は得意げだったが、状況を見ると引きつり、口を開けた。

オートマタたちはテリーの攻撃に全く動じる様子がなかった。テリーの攻撃を受けた盾は傷がつき凹《へこ》んではいるものの、支障があるわけではなさそうだ。進撃は止まらない。盾は進む。

「ひ、轢《ひ》かれる!!」僕の後ろでオリビアが叫んだ。

そのときだった。

視界の端に何かが映る。

瑠璃色のそれは、盾のオートマタに横から突撃して、奴の体勢を崩した。

「デイジー!?」

僕は叫んだ。突然進行方向とは別の力が加わったオートマタは、盾の重みもあってか、大きく倒れた。慣性に従ってその体は転がり、金属の擦れる嫌な音を立てながら地面に跡を残していく。

デイジーはくるりと宙返りして、着地した。

「執行」その顔を見て僕はゾッとした。初めてデイジーに出くわしたときの表情と同じだった。

デイジーは地面に転がった盾のオートマタに追撃する。

「マーガレット! そいつをなんとかしろ!! こっちは俺がやる!!」アムレンが叫んだ。盾の両脇を走っていた剣のオートマタたちは僕たちの方へ走ってきている。

アムレンがその片方に接近する。

声に反応したマーガレットがもう一体の相手をしようとするが、弓のオートマタが彼女に矢を放つ。マーガレットはそれをよけると叫んだ。

「リンダ!! 援護を!!」

リンダははっとして、矢をつがえ、弓のオートマタを射る。が、また、射ち落とされる。オートマタはいくらでも、その精度で射ち落とすだろう。

しかし、その間、マーガレットは戦闘に集中できる。

「頼む!!」マーガレットはそう叫んで、剣のオートマタに突撃した。

リンダは一瞬驚いて、それから、微笑んで呼応した。

「任せろにゃ!!」彼女は矢を連射する。

アムレンはオートマタの剣撃を凌《しの》ぎながら言った。

「お前ら、逃げろ!」

僕はドロシーが抱えている〔魔術王の左脚〕を見た。《マジックボックス》に入れてしまうのが賢明だ。だがおそらくそれはできない。オートマタの《アンチマジック》で僕の魔法は封じられてしまっている。

抱えて逃げるしかない。だが、僕はここを離れることができない。マーガレットやリンダ、アムレン、デイジーはオートマタとの戦闘に苦戦している。もし、僕がここからいなくなれば、魔法を使えるあのオートマタが反撃を仕掛けるだろう。奴が魔法を使えないのは僕がここにいるからだ。

僕はアンジェラとレンドールに言った。

「ドロシーを守って逃げてください。奪われないように」

僕の言葉をアンジェラは聞き流していた。

「アンジェラさん?」彼女はどこか遠くを見ていた。それは僕たちの後方で今まで意識していなかった方角だ。僕はアンジェラの視線を追った。

ロッドの声が聞こえる。

「逃しません」

僕らの後方からオートマタの別部隊がやってきていた。その数八体。オリビアがドロシーにすがりつくようにして、「ひぃぃ」と悲鳴を上げている。レンドールが剣を抜いて先頭に立つ。

オートマタが僕らの退路を断つ。

ドロシーが〔魔術王の左脚〕を抱きしめる。

「絶対に離さない」


――チャンスはあと一度きりだ。


父さんの言葉が頭の中に響く。

……なんとかしないと。

僕は焦る。

「矢がなくなりそうにゃ!!」リンダが叫んでいる。

テリーはバッグから魔石を取り出して、武器に補充し、狙いを定めた。

……僕はそれをじっと見ていた。テリーが魔石を補充するのを、じっと。

目が離せなかった。

僕は気づいた。

機械はすべて魔石で動くようになっている。アンヌヴンに降りるエレベーターも、テリーの武器も、きっとアンジェラの改造馬車もそうだ。

――月に一度、この機械に魔石を入れてください。ブラッドタイガーから取れる魔石かそれと同程度の魔石であれば十分です。それで封印は保たれます。

レンドールは封印の機械についてそう言っていた。魔石は消費される。なんでも使えば減っていく。リンダの矢のように、非常食の干し肉のように。剣だって刃こぼれをおこす。

――オートマタは魔石で動くから。それと魔法を使うと極端に消費するから注意して。

ロッドはそう言っていた。

オートマタがどのような原理で無詠唱魔法を使っているかなんて理解できない。でもこれだけは僕にもわかる。

オートマタは魔法を使えば使うだけ、大きく魔石を消費する。

そして機械は魔石で動く。

導き出される答えは一つ。

僕は魔法壁を張る。ロッドのそばにいるオートマタが《アンチマジック》を使う。

ロッドがため息をつく。

「無駄ですよ」

僕は答える。

「そうだ。無駄にしてるんだ」

僕は魔法壁を連続展開する。僕の魔法の発動と同時に、ロッドのオートマタが《アンチマジック》を発動する。条件を満たせば、決まった手順でオートマタは動く。

魔法壁が出現しては消えていく。

何度も、何度も。

オートマタの魔法が無駄に発動する！

ロッドがハッとする。

「やめなさい！」

気づいたときにはもう遅い。想定以上の魔法を使い続けたオートマタはまるで石化の魔法でもかけられたかのように固まり、起動停止した。

僕の魔法壁が維持される。

もはや誰も、僕の魔法を止める者はいない。

僕は自分の《マジックボックス》から、ダンジョンのマップ更新時に入れていた矢の束を取り出し、リンダの足元に出現させる。

「反撃します!!」

「助かったにゃ!!」リンダは矢を補充すると、連射を再開した。

僕らの前にいる八体のオートマタは四体ごとに一つのパーティを作っていた。先のパーティと同じように、先頭には盾のオートマタがいて、突撃に備えている。

さっきと同じようにはならない。

僕は魔法を発動させる。蛇のように二つの氷が地面を這《は》う。

盾のオートマタが突撃を始める。

一歩。

氷を踏む。

奴らは凍りつく。盾の後ろにいたオートマタたちは飛び上がり、氷を避ける。

と、オートマタは着地と同時に、こちらに走ってきた。

「ひっ」とオリビアがまた叫ぶ。

僕は魔法壁を出現させる。オートマタたちがぶち当たり、跳ね返る。部品が粉々になって、それは矢じりのように、後衛のオートマタに突き刺さる。

すべてのオートマタが起動停止した。

「スティーヴン!!」リンダが叫ぶ。「また転移してきたにゃ!!」

振り返りロッドを見ると、十体のオートマタがすでに出現していた。

マーガレットがついにオートマタの胴を斬り裂き、倒す。アムレンもほとんど同時だった。

二人はリンダのそばに一瞬でやってきて、剣を構える。

「やるなあ、マーガレット」アムレンは感嘆の声を上げた。マーガレットは呆れたように言った。

「後にしてくれ」アムレンもマーガレットも肩で息をしている。オートマタとの戦闘はよほど体力を消耗するのだろう。

「キリがない」マーガレットはオートマタを見て言った。

僕だって何体も相手取れるわけではない。限界がある。今のように僕の見ていないところで魔法を発動されれば、僕の《アンチマジック》は追いつかない。それに、奴らが速すぎて追いつけない場合だってある。

一番の懸念点は体力だ。僕もいつまで立っていられるかわからない。


「デイジーはどこだ？」アムレンがつぶやく。そのとき、彼の服からオルゴールの音がなった。

アムレンはいそいそとスクロールを取り出し、唱えた。

「アクティベイト」

と、光の輪が発生した直後に、デイジーが出現した。アムレンは彼女の背を叩《たた》く。

「ただいま！」デイジーはそう言って微笑んだ。

「どこ行ってたんだ」アムレンが聞くとデイジーは「あっちの方」と指差した。

「どうして、王都で《テレポート》が使えるんですか？」僕はアムレンに尋ねた。

「これは《テレポート》じゃない。《マジックボックス》だ。起動停止したオートマタはいわば死の状態だ。《マジックボックス》に入れられるんだよ」

「じゃあ、ロッドも《テレポート》じゃなくて《マジックボックス》でオートマタを呼び出してるってこと？」ドロシーが尋ねた。

「そうだ。あいつの《マジックボックス》には五百体以上のオートマタが入ってる。呼び出して起動すれば一つの軍隊が作れる」

アムレンは顔をしかめて言った。

僕はドロシーを見て、それから、オリビアを見た。

オリビアは不思議そうな顔をしている。

「なに？」

僕は言った。

「オリビアさん、オートマタの《マジックボックス》のパスワードを読み取ってください」

「なんで読み取れること知ってんの!?　てかなんであんたに指図されなきゃ……」

ドロシーは〈魔術王の左脚〉を抱いたままオリビアの肩をつかんだ。

「いいから早く!!」ドロシーは怒鳴った。オリビアはわけがわからないといった顔をしながら叫んだ。

「さっき読み取りましたあ!!」

僕は叫んだ。

「じゃあいつものように『盗んで』ください!!　論文に書いたように、《マジックボックス》の外にオートマタを出さずに!!」

オートマタを外に出してはいけない。外に出した瞬間、ロッドが起動してしまうだろう。起動停止しない限り、オートマタは《マジックボックス》に入らない。

それに五百体もいるオートマタをいちいち外に出して、また《マジックボックス》に入れるなんてできない。そんな場所はここにはない。

じゃあどうすればいいいか。

デリクが言っていたではないか。

——あの女はこの技術を利用して《マジックボックス》同士をつなげる方法についての論文を書いた。二つの別々のパスワードからなる《マジックボックス》を用意して、一方からもう一方に物を移動する。一度も外に出さずにな。何に使えるかは知らん。だが研究とはそういうものだ。

オリビアはその方法を知っている。一度も物を外に出さずに、《マジックボックス》の間でやり取りする方法を知っている!!

「なんでそんなことまで知ってるの!」

「それもいいから! 死ぬわよ!!」

ドロシーはオリビアの肩から手を離しオートマタを指差した。奴らはこちらをにらみ、剣を抜いている。

「羊皮紙とペンとインクがないとできないです!!」

オリビアがそう叫ぶので、僕は自分の《マジックボックス》からそれらを出して、オリビアに渡した。

「早くしてください!!」

僕が言うとオリビアは歯を剝《む》いた。

「わかってる!! 急《せ》かさないで!! 羊皮紙もう一枚頂戴!!」

僕は追加で一枚彼女に渡した。オリビアは、ドロシーの後ろでスクロールを書き始めた。初めは『転写』を使って《マジックボックス》を二枚書いて、そのあと二つのスクロールをつなげるように何かを書いていた。


オートマタが走り出す。僕は魔法壁を張った。先頭のオートマタだけが弾《はじ》き返《かえ》される。後方にいた四体のオートマタが巻き込まれる。奴らはその様子を観察している。

残り六体。

奴らは少し互いに目を合わせた後、それぞれ別の方角に走り出した。僕は一体の目の前に魔法壁を張ったが、奴はそれを飛び越える。

「学習してる!!」

僕は、今度は箱の形に魔法壁を張り、オートマタを捕らえた。走っていたオートマタは内側でバウンドして金属の破片に変わる。

残り四体。うち三体とはマーガレット、アムレン、デイジーが戦闘中だ。

一体はロッドのそばで彼を守るように立っている。

僕はマーガレットたちを援護する。

一体、また一体と減っていく。

残りはロッドのそばにいる一体。そのとき、オリビアが叫んだ。

「できた！　アクティベイト!!」

僕はちらと振り返る。オリビアの眼前の空間が少し揺らいでいるのが見える。どんな魔法なのか僕は知らない。うまくいってくれるといいが。

揺らぎが消える。

「終わり!!　さすが私!!」

オリビアが自画自賛している。

僕はロッドのそばにいるオートマタの動きを封じる。魔法が発動し奴の後ろから石の槍《やり》が胴体を貫く。

「くっ」ロッドは新しいオートマタを出そうとしたが、すでに彼の《マジックボックス》には何も入っていない。オリビアが盗んでしまった。

アムレンはロッドに接近して、僕が石の槍で動きを封じた最後のオートマタを斬り倒すと、ロッドの首元に剣を突き付けた。

「ロッド」アムレンは息を切らして言った。「どうしてそこまでして〈魔術王〉の力が欲しいんだ？」アムレンの突き出す剣の切っ先は震えていた。それはアムレン自身の震えだった。

ロッドは首にある剣をものともせずに言った。

「父さんがどう言って僕を育てたか知ってる？」

アムレンは眉間にしわを寄せた。ロッドはそれで十分だというように続けた。

「兄さんは知らないだろうね。そりゃそうだ。父さんはこう言ったんだよ。『お前はアムレンと同じ顔をしているのにどうしてそんなに無能なんだ』って」

アムレンははっとした。「そんな……」

「あれはひどい親だった。僕の顔を焼いたのだって事故じゃない。わざとなんだよ。でも僕は父さんを愛していた。父さんに好かれたかった。そのためには力が欲しかった」

ロッドは目に巻いた布を外した。火傷《やけど》痕の残る目元が現れた。

「兄さん。僕は兄さんみたいに〈魔術王〉の力を受け継ぎたかった。それが父さんに好かれる方法だと思った。羨みは嫉妬に変わった。僕は兄さんを妬んでいたんだよ。そして、いつの間にか、僕にとっての目的は父さんに好かれることから、兄さんを超えることに変わっていた」

ロッドはドロシーの手にある〈魔術王の左脚〉を見た。

「僕が〈魔術王〉の力を手に入れる方法は一つしかない。それは〈魔術王〉の体の一部を装着することだ。僕はついに手に入れた。後は兄さんの手から受け取って装着するだけだった」

彼は笑った。

「ロッド……」アムレンはつぶやいた。そこには同情と罪悪感の色が浮かんでいた。「すまない。気づいてやれなくて……」

ロッドは首を横に振った。

「いいんだ、兄さん。もう全部終わってしまったことだ。兄さんの信頼も失ってしまった。僕には〈魔術王〉の力は手に入らない。……今思えば、僕は何も見ていなかった。僕は何を求めていたんだろう」

ロッドは涙を一筋流して、アムレンに微笑んだ。

「じゃあね。兄さん」

ロッドはアムレンの突き出していた剣に、自らの首を突き刺した。

「やめろお!!」

アムレンは叫んだが、すでに剣は喉を深く貫いていた。ロッドは倒れた。アムレンは血を浴びて放心していた。

僕にはロッドを救う手立てがあった。《エリクサー》を使えばいい。しかし、どこまで過去に戻っても、ロッドを改心させる方法はないように思えた。彼のその嫉妬や、考え方の根底には幼いころからの教育が沁《し》み込《こ》んでいた。この数年で、どうこうできる問題ではない。

ロッドはアムレンに手を伸ばした。導き手を探しているようだった。が、その手は届くことなく、地面に落ちた。

ロッドは絶命した。

十三章 信頼と手紙

アムレンはしばらくロッドの頭に手を置いていた。彼は静かに涙を流して、ロッドを見ている。デイジーが心配そうにアムレンのそばでそれを見ていた。マーガレットが彼に近付いた。デイジーが彼女を見上げた。マーガレットはデイジーの頭を撫《な》でてから言った。

「父さん」

アムレンははっとして顔を上げた。

「そうか。そのことも知っているんだな。……家族がお前だけになってしまったよ。いや。マーガレットとデイジーの二人だな」

デイジーがにっこり笑って言った。

「わたしも家族！」デイジーは笑顔のままマーガレットを見上げた。

マーガレットはロッドの眠る顔を見て言った。

「私はずっと、〈魔術王〉の力に頼り切っていた。この力のおかげでSランクにもなれた。この力があれば一人で生きていけるとずっと思っていた」

マーガレットはため息をついた。

「でも違ったんだ。そうじゃなかった。一人で生きてきたわけじゃない。私はみんなに頼り切っていたのに気づかなかっただけなんだ。本当に孤独になったとき、私はそれを初めて知った」

マーガレットは僕を見た。

「私は私を導いてくれる人に出会えた。はじめはマップ係として。次は生きる道標として。私は『今』に導いてもらった。もし私がスティーヴンに出会わなかったら、ロッドと同じ道を歩んでいたかもしれない。〔魔術王〕の力に溺れて、力を求めていたかもしれない」

アムレンは優しく微笑《ほほえ》んで言った。

「いい仲間に出会えたんだな」マーガレットはうなずいた。アムレンはロッドを見た。

「ロッドはずっと一人だった。俺はそばにいたが――双子だったから――俺はこいつを盲信していた。俺と同じ道を歩んでいると勝手に思い込んでいた。だから気づいてやることができなかった」

アムレンは目頭を押さえた。深く、深く息をして、ロッドの額に触れた。

「すまない」

アムレンは立ち上がり、ロッドの死体を《マジックボックス》に入れるようデイジーに命じた。

「ふさわしい場所に埋めるよ」アムレンはマーガレットに言った。


オリビアが壊れたオートマタの部品を片っ端から集めて《マジックボックス》に収納している。

「うひょー、宝の山だ」とか言っている。

「ロッドの《マジックボックス》から移動したオートマタですけど、外に出さないでくださいよ」

僕がそう言うとオリビアは怪訝《けげん》な顔をした。

「なんでよ」

「暴れるかもしれないからです」オリビアは納得したものの、鼻にしわを寄せた。

「売れないじゃん」

僕はドロシーを連れてアムレンに近付いた。

「アムレンさん」

「ああ、スティーヴン。……すまなかったな、俺の弟のせいで何度か死んだだろ」

アムレンはそう言った。

「ええ。まあ。あの、これなんですけど」僕はドロシーの持つ〈魔術王の左脚〉を指さした。

「なんだ？」

「難解なパスワードをかけた《マジックボックス》に入れれば、封印と同じように誰の手にも渡らずに済むのじゃないかしら」ドロシーがそう言った。

アムレンは首を横に振った。

「それが、ダメなんだ。もし、他の〈魔術王〉の一部が奪われたとき、それを装着したものは――〈魔術王〉の子孫だが――《マジックボックス》の中だろうと、どこからでも封印されていない他の〈魔術王〉の一部を呼び出すことができる。発見されてしまうんだよ」

「じゃあ、全部《マジックボックス》に封印すれば……」僕がそう言うとアムレンはまた首を振った。

「〈魔術王〉の一部は規格外で、力が強力だ。二つ以上《マジックボックス》に入っていると《マジックボックス》というシステム自体が崩れる」

「じゃあ、どうしようかしら」ドロシーはつぶやいた。

「俺が封印し直す。もともとそのつもりだったからな。といってもロッドがいなくなった以上、何か別の方法を考える必要があるが……。それまでは厳重に保管しよう」

ドロシーは僕とマーガレットを順に見て、それから彼に〈魔術王の左脚〉を手渡した。


僕たちは王都を出た。

あの後、僕はアムレンに、新しいパスワードの《マジックボックス》にすべての荷物を移すように言った。オリビアがずっと見ていたからだ。

オリビアはオートマタの部品を売れば相当な金になるから〈魔術王の左脚〉の代金はいらないと言って、アンヌヴンに戻っていった。人騒がせな奴《やつ》だったが、まあ、彼女のおかげでロッドに〈魔術王の左脚〉が渡らなかったと言えばそうなのだった。なんだかんだ裏で最も活躍していたのは彼女だったのかもしれない。

アンジェラとレンドールは王都での守護者の組織改変に追われているだろう。

ソムニウムにたどり着くと、すでに夜も遅かった。

僕たちは解散してそれぞれの宿に戻ろうとする。

そのとき、ドロシーが僕とマーガレットを呼び止めた。

「まず、スティーヴン」

「何？」僕は首を傾《かし》げた。

「ソムニウムから出ていくなんて言わないわよね？」

ドロシーの言葉にリンダが反応した。

「出ていくのかにゃ!?」リンダは僕の肩をつかんだ。

「いや、出ていきませんよ。あれは、何というか……」僕は苦笑いして続けた。

「僕は全部自分でなんとかしないといけないと思っていたんですよ。でもわかったんです。悩んだり、辛かったり、自分一人ではどうしようもないときは誰かを頼ってもいいんだって。僕はドロシーもリンダさんも、マーガレットさんも、それからテリーさんも、みんなを頼ることにしたんですよ。だから、僕一人で抱え込んでソムニウムから出ていくなんてことはありません」

リンダは微笑んだ。

「どんどん頼ってくれにゃ！」

「あー、そうだな」マーガレットが言いにくそうに口を開いた。

「私も同じだ。みんなを頼るよ。今までみたいに一人で猪突猛進《ちょとつもうしん》したりしない。もう少し、仲間を頼って戦う。それに、〈魔術王〉の血族だからといって、魔術師ってわけじゃないからな。父さんと同じで」

僕はうなずいた。ドロシーもうなずいて、微笑んだ。

「全部元通りね」

「少しの差はあるけれどね」僕が言うとマーガレットが言った。

「ああ、そうだな」

拝啓
なんていう堅苦しいのは抜きにしよう。元気でやってるか、マーガレット。

〈魔術王の左脚〉は封印した。どうやって封印したかは言えない。昔の知り合いに頼んだとだけ言っておこう。これで当分は大丈夫なはずだ。俺のように誰かがへまをしない限りは。

俺はしばらく王都を離れる。ロッドの件で魔術師たちが怒っている。計画がパーだとさ。奴らは俺を狙っている。もしかしたらソムニウムにも魔術師が現れるかもしれない。何かあったら呼んでくれ。駆けつける。

といっても、守護者がいるし、スティーヴンもいる。それにお前もいるんだ。大丈夫だろう。

また連絡する。時々この《マジックボックス》を開いてほしい。

合図を送る機械がないし、あったとしても、この距離では反応しないからな。

追伸　デイジーが会いたがってる。時々そちらに送るかもしれない。


追伸の後に違う筆跡の文字が並んでいる。

「これはデイジーの字ね。『お姉ちゃんまたね』だって」ドロシーは微笑んで言った。

「ああ」マーガレットは笑みを浮かべて答えた。

僕たちは領主の城に来ていた。いるのは僕、ドロシー、マーガレット、リンダ、エレノア、それから、王都からソムニウムに着任したアンジェラだった。アンジェラは僕との約束を守ったのだった。

ここに来たのはアンジェラが領主に挨拶をするためで、僕たちは付き添いだった。同時にノムレンからマーガレットに《マジックボックス》経由で手紙が届いたために、それもついでに報告に来たのだった。

「じゃあ、〈魔術王の左脚〉については解決したんだね」領主の言葉に僕たちはうなずいた。

「そうか。あとは魔術師たちがどう動くかだね。街の守りはあなたにお任せしていいのかな、アンジェラ？」

アンジェラはニコニコと笑ったまま言った。

「はい、お任せください。魔術師を見つけたらすぐに報告します」領主はうなずいた。

「王都は大丈夫なのかにゃ？　お前のスキルが必要じゃないのかにゃ？」リンダが尋ねるとアンジェラは言った。

「私のスキルはユニークスキルじゃないので、他にも持っている人がいるんですよ。限られてはいますが。その人が王都にいるので大丈夫です」アンジェラはニコニコしたまま答えた。

「なんにせよ、心強い。よろしく頼みます」領主はアンジェラだけでなく僕たちも見て言った。

僕たちはうなずいた。

「ああ、そうだ」僕は思い出して、ドロシーに耳打ちした。

「いいわよ」ドロシーは言って、領主に尋ねた。

「すみませんが、ドラゴンの刃をお借りしてもいいですか？」

突然のことに領主は一瞬驚いたが、すぐにメイドに持ってくるよう伝えた。赤髪の男、ブラムウエルから譲り受けたドラゴンの刃は領主が管理していた。といっても、もともと領主のものではあったので、元の場所に戻ったというのが正しい。

「何をするんですか？」アンジェラが僕に尋ねた。

「前のループでレンドールさんに言われたんですよ。僕が嘘《うそ》をついて、ソムニウムの人たち全員の記憶を改竄《かいざん》してのうのうと暮らしているんじゃないか、って。僕こそが魔術師で、エヴァという架空の魔術師を退治した功労者を演じることで信頼を得ようとしているんじゃないかって。それを僕は否定できなかった。不可能だったからです。僕一人では」

メイドが箱を持ってきた。彼女の後ろから騎士が二人ついてきた。ドラゴンの刃は一応、武器だ。何かのときのためについてきたのだろう。

領主が箱を受け取り開けると、真っ黒な刀身の剣が現れた。領主はそれをドロシーに手渡した。

「それでどうするんですか？」エレノアが尋ねた。

「問題は『誰から見ても絶対に記憶を改竄されていない人』を用意できなかったことです。ドラゴンの刃があれば用意できます」

ドロシーはドラゴンの刃の先端で親指を傷つけて、そのまま僕を見て言った。

「エヴァは倒したし、〔魔術王の左脚〕も手に入れた。私の記憶は改竄されてない」

彼女はドラゴンの刃から手を放した。

「痛いわ」僕は彼女の傷を治す。

「これで証明できたはずです」僕はアンジェラに言った。

アンジェラはしばらく黙って僕を見た後、口を開いた。

「なんかわからないけど、大丈夫そうだってことはわかりました！」

ドロシーは苦笑いした。僕は魔法学校のデリク教授を思い出した。あのときもアンジェラは適当に答えていたのだった。僕もだけど。

「あたしもやるにゃ！」リンダがそう言って、ドロシーが持つドラゴンの刃で指を傷つけた。

「痛いにゃ!!」リンダは騒いだ。

「ほら、スティーヴンがちゃんとしてるか言わなきゃだめよ」ドロシーは笑いながらリンダにそう言った。

「スティーヴンは最近忙しいとか言って、あたしとお出かけしてくれないから、ちゃんとしてないにゃ」

僕は「うっ」と言葉につまった。

「私もやります」エレノアが身を乗り出して、リンダと同じことをした。

「スティーヴンさんは全然私に会いに来てくれません。この前なんか遅刻してきました」

「それは……すみませんでした」僕が頭を下げると、エレノアは笑った。

「お、私もやろう、指を切ってスティーヴンに文句を言う遊びだな？」

マーガレットがそう言って手を伸ばした。

「違います！」僕はマーガレットを止めた。「誰もルールをわかってない!!」

これじゃあ何のためにやったのかわからないじゃないか！

ドロシーたちは笑っていた。領主も笑っている。アンジェラもニコニコしている。これはいつものことだが。

「まあいいかあ」

僕はつぶやいた。

初期
キャラクター
デザイン案
アムレン

デイジー

アンジェラ

レンドール

ロッド

オリビア

MFブックス

解雇された写本係は、記憶したスクロールで魔術師を凌駕する ～ユニークスキル〈セーブアンドロード〉～ 2

2021年9月25日　初版第一刷発行

著者　嵐山紙切
発行者　青柳昌行
発行　株式会社KADOKAWA
〒102-8177　東京都千代田区富士見2-13-3
0570-002-301（ナビダイヤル）
印刷・製本　株式会社廣済堂

ISBN 978-4-04-680765-6 C0093
©Arashiyama Shisetsu 2021
Printed in JAPAN

●本書の無断複製（コピー、スキャン、デジタル化等）並びに無断複製物の譲渡及び配信は、著作権法上での例外を除き禁じられています。また、本書を代行業者等の第三者に依頼して複製する行為は、たとえ個人や家庭内の利用であっても一切認められておりません。
●定価はカバーに表示してあります。
●お問い合わせ
https://www.kadokawa.co.jp/（「お問い合わせ」へお進みください）
※内容によっては、お答えできない場合があります。
※サポートは日本国内のみとさせていただきます。
※ Japanese text only

企画　株式会社フロンティアワークス
担当編集　河口紘美／吉田響介（株式会社フロンティアワークス）
ブックデザイン　AFTERGLOW
デザインフォーマット　ragtime
イラスト　寝巻ネルゾ

本シリーズは「小説家になろう」（https://syosetu.com/）初出の作品を加筆の上書籍化したものです。
この作品はフィクションです。実在の人物・団体・事件・地名・名称等とは一切関係ありません。

ファンレター、作品のご感想をお待ちしています

宛先
〒102-0071　東京都千代田区富士見2-13-12
株式会社KADOKAWA　MFブックス編集部気付
「嵐山紙切先生」係「寝巻ネルゾ先生」係

二次元コードまたはURLをご利用の上
右記のパスワードを入力してアンケートにご協力ください。

https://kdq.jp/mfb
パスワード
2nisa

● PC・スマートフォンにも対応しております（一部対応していない機種もございます）。
●お答えいただいた方全員に、作者が書き下ろした「こぼれ話」をプレゼント!
●サイトにアクセスする際や、登録・メール送信時にかかる通信費はご負担ください。

MFブックス

MFブックス新シリーズ
大好評発売中!!

詳細はMFブックス公式HPにて！

https://mfbooks.jp/

好評発売中!!

毎月25日発売

盾の勇者の成り上がり ①〜㉒
著:アネコユサギ/イラスト:弥南せいら
極上の異世界リベンジファンタジー!

槍の勇者のやり直し ①〜③
著:アネコユサギ/イラスト:弥南せいら
『盾の勇者の成り上がり』待望のスピンオフ、ついにスタート!!

フェアリーテイル・クロニクル ①〜⑳
～空気読まない異世界ライフ～
著:埴輪星人/イラスト:ricci
ヘタレ男と美少女が綴るモノづくり系異世界ファンタジー!

春菜ちゃん、がんばる? フェアリーテイル・クロニクル ①〜⑤
著:埴輪星人/イラスト:ricci
日本と異世界で春菜ちゃん、がんばる?

無職転生～異世界行ったら本気だす～ ①〜㉕
著:理不尽な孫の手/イラスト:シロタカ
アニメ化!! 究極の大河転生ファンタジー!

八男って、それはないでしょう! ①〜㉓
著:Y.A/イラスト:藤ちょこ
富と地位、苦難と女難の物語

異世界薬局 ①〜⑧
著:高山理図/イラスト:keepout
異世界チート×現代薬学。人助けファンタジー、本日開業!

魔導具師ダリヤはうつむかない ①〜⑥
～今日から自由な職人ライフ～
著:甘岸久弥/イラスト:景
魔法のあふれる異世界で、自由気ままなものづくりスタート!

服飾師ルチアはあきらめない
～今日から始める幸服計画～
著:甘岸久弥/イラスト:雨壱絵穹/キャラクター原案:景
いつか王都を素敵な服で埋め尽くす、幸服計画スタート!

アラフォー賢者の異世界生活日記 ①〜⑮
著:寿安清/イラスト:ジョンディー
40歳おっさん、ゲームの能力を引き継いで異世界に転生す!

転生少女はまず一歩からはじめたい ①〜③
著:カヤ/イラスト:那流
家の周りが魔物だらけ……。転生した少女は家から出たい!

異世界帰りのパラディンは、最強の除霊師となる ①〜②
著:Y.A/イラスト:緒方剛志
チラシの裏に書いた御札で悪霊退散!

人間不信の冒険者達が世界を救うようです ①〜③
著:富士伸太/イラスト:黒井ススム
最高のパーティーメンバーは、人間不信の冒険者!?

雷帝の軌跡 ①〜②
～俺だけ使える【雷魔術】で異世界最強に!～
著:平成オワリ/イラスト:まろ
手にしたのは世界唯一の【雷魔術】! 異世界で少年は最強へ至る!!

ほのぼの異世界転生デイズ ①〜②
～レベルカンスト、アイテム持ち越し! 私は最強幼女です～
著:しっぽタヌキ/イラスト:わたあめ
転生した最強幼女に、すべておまかせあれ!

食料生成スキルを手に入れたので、異世界で商会を立ち上げようと思います ①
著:slkn/イラスト:もやし
異世界転移したサラリーマン、夢だった商会運営を頑張ります!

MFブックス既刊

失格王子の成り上がり冒険譚 ①
~王家を追放された俺、規格外の『器』で世界最強~
著：未来人A／イラスト：なかむら
王家を追放された失格王子が世界最強の冒険者に成り上がる！

解雇された写本係は、記憶したスクロールで魔術師を凌駕する ①～②
~ユニークスキル〈セーブアンドロード〉~
著：嵐山紙切／イラスト：寝巻ネルゾ
魔法が発動できるスクロール、一度覚えれば使い放題！

お茶屋さんは賢者見習い ①
著：巴里の黒猫／イラスト：日下コウ
精霊の加護を受けたお茶屋さん、異世界で商品開発はじめます!?

十年目、帰還を諦めた転移者はいまさら主人公になる ①～②
著：氷純／イラスト：あんべよしろう
赤雷を駆使する人類最強の冒険者は、異世界で気ままにいきたい！

ウィッチ・ハンド・クラフト ①
~追放された王女ですが雑貨屋さん始めました~
著：富士伸太／イラスト：珠梨やすゆき
追放された元王女は、異世界の魔導書でチートな雑貨屋さんはじめます!?

転生無敗の異世界賢者 ①
~ゲームのジョブで楽しいセカンドライフ~
著：蒼月浩二／イラスト：福きつね
追放されたけど、最強職『賢者』で楽しいセカンドライフはじめます！

辺境の錬金術師 ①
~今更予算ゼロの職場に戻るとかもう無理~
著：御手々ぽんた／イラスト：又市マタロー
無自覚な最強錬金術師による規格外な辺境生活スタート！

無能扱いされてパーティーから追放された──けど、なぜか女勇者が「君が必要だ」と言って一緒についてきた!? ①
著：アネコユサギ／イラスト：羽鳥ぴよこ
不遇な最弱スキル『死んだフリ』には、とんでもない力が隠されていた!?

勇者パーティーを追い出された補助魔法使いは自分の冒険を始める ①
著：芝 いつき／イラスト：カオミン
しがらみから解放された賢者は、奴隷たちと冒険に出る！

迷宮帝国の作り方 ①
著：しゅうきち／イラスト：うおのめうろこ
万能錬成術で異世界ダンジョンを理想の国へ！

劣等紋の超越ヒーラー ①
~無敵の回復魔法で頼れる仲間と無双する~
著：蒼月浩二／イラスト：てつぶた
最弱と呼ばれる劣等紋の伝説《レジェンド》は、追放から始まる。

逆行の英雄 ①
~加護なき少年は絶技をもって女勇者の隣に立つ~
著：虎馬チキン／イラスト：山椒魚
逆行した加護なき少年は、今度こそ幼馴染の女勇者を救う──！

女鍛冶師はお人好しギルドに拾われました ①
~新天地でがんばる鍛冶師生活~
著：日之影ソラ／イラスト：みつなり都
お人好しに囲まれて、彼女は今日も鉄を打つ！

生産魔法師のらくらく辺境開拓 ①
~最強の亜人たちとホワイト国家を築きます！~
著：苗原一／イラスト：らむ屋
最高の生産魔法師、頼れる仲間たちと最強ホワイト国家を築きます！

アンケートに答えて
著者書き下ろし
「こぼれ話」を読もう！

「こぼれ話」の内容は、
あとがきだったり
ショートストーリーだったり、
タイトルによってさまざまです。
読んでみてのお楽しみ！

よりよい本作りのため、
読者の皆様のご意見を参考にさせて頂きたく、
アンケートを実施しております。
ご協力頂けます場合は、以下の手順でお願いいたします。
アンケートにお答えくださった方全員に、
著者書き下ろしの「こぼれ話」をプレゼントしています。

この二次元コードから
アンケートページへアクセス！

https://kdq.jp/mfb

このページ、または奥付掲載の二次元コード（またはURL）に
お手持ちの端末でアクセス。

↓

奥付掲載のパスワードを入力すると、アンケートページが開きます。

↓

最後まで回答して頂いた方全員に、著者書き下ろしの「こぼれ話」をプレゼント。

● PC・スマートフォンに対応しております（一部対応していない機種もございます）。
●サイトにアクセスする際や、登録・メール送信時にかかる通信費はご負担ください。

MFブックス　http://mfbooks.jp/

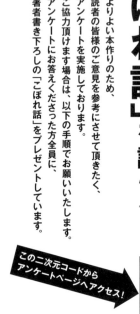